新しい韓国の文学

03

長崎パパ

ク・ヒョソ著

尹英淑／ＹＹ翻訳会＝訳

長崎パパ

1

〈ON-the-AIR〉

17:23:09
（この放送、五時四十分までだっけ）

あたし‥六時にはネクストドアに着きたいんです。

男性司会者‥どうしても行くの？

（どういう意味？）

あたし‥仕事ですから。

男性司会者‥ネクストドアって、ユナさんが勤めてるレストランのこと？

あたし‥同じことまた言うんですか。

男性司会者‥まあ、そう怒らないで。今、店に電話して了解もらうから、もう少し話してって。

女性司会者‥そうね、そうしてくださいよ。

あたし‥支配人がいいと言っても、あたしは嫌です。

女性司会者‥どうして？

あたし‥今まで一度も休んだことないし、こんなことで休みたくないんです。

男性司会者‥今、電話するからさ、ちょっと待ってて。休むんじゃなくて、少し遅刻するだけじゃない。

あたし‥これ生放送ですよね？　放送中に職場に電話なんかしてもいい……。

女性司会者‥大丈夫。ラジオの生放送って、こんなもんなんですよ。

あたし‥でも、電話しないでください。

男性司会者‥いいから。何番だったっけ、電話番号……。

あたし‥もう、やめてくださいっ！

女性司会者‥そんな大きな声出さなくても。

あたし‥どういう番組なんですか、これ。

男性司会者‥面白いでしょ？

（ありえない。言葉遣いだってなってないし、人をバカにして）

あたし‥ちっとも面白くないですけど。

男性司会者‥では、ここで一曲聴きましょう。エスエスエスグループの「ブックアップ・エヴリデイ」。

〈OFF-the-AIR〉

17:25:55
〈ON-the-AIR〉

17:26:07
あたし‥えっ、もう止めるんですか。

男性司会者‥場合によっては途中で止めることもある。仕事に行くなら着替えるんでしょう？　いったん家に帰って。

あたし‥ええ、もちろんです。

男性司会者‥下着も？　レストランで働くんじゃ、そうだよね。臭いが染みつくでしょうから。

あたし：サイテー。
男性司会者：ところで、ボーイフレンドはいるの？　日本人？　韓国人？
あたし：いません。
男性司会者：セックスの経験は？
あたし：あたしを何でここに呼んだんですか。
女性司会者：もちろんユリさんの……。
あたし：ユナです。
女性司会者：ユナさんの「銀ダラの味噌焼き」の話をお聞きしたくて。長崎で今、知らない人はいないですよね。それでユナさんはお店で認められてるし、レストランも有名になった。だから、お招きしたんじゃないですか。でも、その話はもう済んじゃいましたね。味噌に二、三日漬けた銀ダラをオーブンで焼く。はじかみを添える。西京味噌だれを少々。で、でき上がり。ですよね？
あたし：ものすごく簡単ですね。
女性司会者：それでボーイフレンドのことを聞いているんです。男の人と寝たこと、ないんですか。
あたし：あなたは？
女性司会者：ハハハハ……。私？　この話はもう数百回はしました。だから私は数百人の男の人と寝たことになってるんです。実は、相手は一人。残念ですけど。
あたし：この放送、どの辺まで届いてるんですか。
女性司会者：駅とその周辺。
あたし：館内放送みたいな感じですか。
女性司会者：まあ、そうですね。でも、ショッピングプラザとその隣のパン屋さんでも聞こえるはずです。
あたし：パン屋さん？
男性司会者：そうそう。
（何これ……、人があんなにたくさん見上げているじゃない。五時半。あと十分だけど、こんな番組、早く帰りたい。もう、いや！）
あたし：聞きたいことは、それだけですか。

女性司会者‥日本に来られた目的、聞きましたっけ。料理を習いに来たって言いましたよね。いつでしたっけ。

あたし‥そんなこと言った覚えはありませんけど。

女性司会者‥えーと、二十一歳でしたよね、確か。長崎に来ることになったきっかけとかも聞きたいし。来られたのはいつでしたっけ。

あたし‥だからさっき、いっ、いっ……。

女性司会者‥いっ、一カ月前？

あたし‥父を探しに来たんです。

男性司会者‥おっと、新展開！　お父さんですか？　お父さんはどちらにお住まいなの？　住所は知っているの？

(住所とかの問題じゃないの！)

あたし‥すみません、あたし、もう帰ります。

男性司会者‥まだ時間、残ってますよ。

あたし‥もう嫌です。時間の無駄です。

女性司会者‥時間……。
あたし‥放送、頑張ってください。
男性司会者‥本当に行っちゃうの……。
女性司会者‥まあ、じゃあ、気をつけて。
男性司会者‥仕方ない。曲にいきましょう。
〈OFF-the-AIR〉
17:34:22

2

途中で止められた曲「ブックアップ・エヴリデイ」が駅前の広場に流れた。勝手に止めたり流したり。いい加減な奴。場合によってだなんて、自分の気分次第だってこと？　広場の真ん中に立ち止まって、ショッピングプラザを見上げた。七階の壁からチョコパイが半分突き出てるみたいな形のスタジオ。ガラスには遮光コーティングがしてあって、中は見えなかった。

中は見えないけど、おかしな話が流れるとスタジオを見上げる人がいる。パーソナリティの声が聴こえた。時間が少し残ってますね、ユウコさん、何か面白い話ないですかね。

お父さんのことなんて話すんじゃなかった。くだらない冗談ばかり言ってるのに、何で真面目な話をしちゃったのよ。本当にあたしったら、バカみたい。

「何してるの、そこで」

筒井だった。あたしの後ろ五メートルくらいのところでチュッパチャプスをなめている。（**そっちこそ、そこで何しているの**）。

「ああいう設計って……何ていうんでしたっけ」

筒井に聞いた。彼はスタジオの建物を見上げた。

ネクストドアの同僚。半袖の白いコットンシャツ、薄っぺらい肩に斜めに掛けた黒のショルダーバッグが頼りなげにぶら下がっている。都会に出てきたばかりの、お上《のぼ》りさんって感じ。ポカンと口を開けたまま見上げている。二十三歳。チユッパチャプスは？　もう飲み込んじゃったの？　棒まで？

「ベランダ……建物の正面に沿って縁側のように張り出た部分、ではないし。バルコニー……室外へ張り出して作った屋根のない手すり付きの台、これでもないようだ。回廊……建物の間を連絡する屋根付きの廊下、これでもない。やっぱり分かりませんね」

彼はきっと手帳にメモするだろう。〈そのどれでもない理由……半月型だから。屋根があるから。空中に張り出ているから〉と。

筒井は首を思いっきり後ろに反らせたままだった。顔に照りつける六月の強い日差しをものともせずに。お陰で彼の冴えない顔の輪郭が白くぼやけて見えた。細長く痩せた首に喉仏《のどぼとけ》だけが突き出ている。

「アダムスアップル《のどぼとけ》というんです」

あたしが言った。

「何がですか」

「あのスタジオのような設計」

「まさか」

筒井は首を反らせたまま言った。耳の後ろに汗が吹き出ている。神話に出てくる罰を受ける人みたいだ。集中でも執着でもない、特定のものに固着してしまう彼の視線をネクストドアの同僚は自閉っぽいと言っている。

まったく、何しているんだろう。背中にでも一発食らわさないと、筒井は一日中ああやって見上げているかもしれない。彼にはよくあることだ。同じ場所に千年でも居続けそうな。

「仕事に行くんでしょ?」

あたしが聞いた。

「あっ、そうだ。仕事に行くところだった」

やっと筒井は首を元に戻した。

彼と一緒に歩道橋を渡った。その下を正覚寺下《しょうかくじした》行の電車がガタガタと通り過ぎる。

「ああいう設計、以前はあまりなかったんです。最近は、韓国でもあんなベランダをよく見かけますけど、うーん、昔はマンションというとマッチ箱みたいに真四角で……」

「僕、通勤にけっこう時間がかかるじゃないですか？　ユナさんも知っているように、道草を食うタイプだから……」

「あたし、すごく興味があったんです、ああいう半円形のベランダに。テレビで、チェ・ジンシルっていう女優の家を紹介してたんですけど、それが、さっき見たような半円形のベランダだったんです。なんか、こう、お金持ちって違うなあって感じで」

「だから僕は、三十分前には家を出るんですよ。遅刻するといけないから……」

「筒井さん！」

「はい？」

「あたしの話、聞いてます？」

「金持ちに憧れていたんですね」

「呆れた」

「違う？」

「あたしも自分が何話してるんだか、分からなくなりました。あのムカつく番組のせいです」

「何があったか知らないけど、そういうこともありますよ。気にしないで」

「……」

「ラジオに出てたんですか？」

歩道橋を渡り終えたところで筒井と別れた。

「お店に着いたら、柿の葉と酒粕をチェックしてもらえますか。着替えてすぐに行きます」

手を振ってから背を向けた筒井は、ショルダーバッグから手帳を取り出していた。表紙に「全ての名の無きもののために」と書かれた手帳だろう。「アダムスアップル」ではなく「まさか」と書くかもしれない。

3

ハンドバッグ、脱いだTシャツ、パンツをソファーに放り投げた。あと十五分でネクストドアに着かなければならない。このソファーを観光通りのリサイクルショップで五千円で買ったのは二週間前。黄色が気に入って買ったけど、四畳半の畳部屋を独り占めするとは思わなかった。

留守電の着信メモリーボタンを押し、机に飛んでいってパソコンの電源を入れる。

服、ハンドバッグ、タオル、買い物袋、クッション、雑誌、ストッキング、ハンガー。こんなものたちに埋もれ、ソファーの色など、もはや見えなくなっていた。屠畜《とちく》場に散らばっている牛の内臓みたいじゃないか、部屋もソファーの上も。

何してるの、そこで。

筒井の言葉を思い出した。何してるのかって？　そんなこと聞かれたって、自分でもよく分かんない。あと十三分。ショーツとブラジャー以外、全部脱いだ。

下着も？　臭いが染みつくでしょうから。

スケベったらしいあいつの声が蘇った。ショーツもブラジャーも脱ぎ捨てた。

〈何で携帯の電源を切ってるの？　ミル姉さんよ。電話して〉

怒ったような声を残し、留守電の声はぷつっと切れた。

パソコンの画面に青い海と島々が現れる。

下着を替え、栄養クリームとエッセンスが一つになったエッセンシャルクリームを顔につける。レチノール配合の美容液も。マスカラに口紅、ヘアクリーム
……ああ、忙しい、忙しい。

だって、お仕事に行くんだもの。これくらいしなきゃ。

ネクストドアの支配人は大岡だ。彼は従業員の出勤時の服装をチェックする。チェックされようがされまいが、自由にしているのは筒井だけ。

それでも筒井がクビにならないのは、十三年もの厨房歴があるから。彼は十歳の時から厨房で働いているとか。感心することではなく哀しいことだと思った。

腕さえ良ければ、経歴なんか短くたっていいじゃない。あたしはなぜ、いちい

ち大岡の指示にビクビクするんだろう。

経歴をいうなら、あたしだって、あれこれ足せば六年。今話題のネクストドアで一目置かれている料理人なのだ。「銀ダラの味噌焼き」は長崎の名物になっている。


psheee・・鄭君《チョン》、別にママが彼に惚れてたってわけじゃなくてね……。


メールが二通入っていた。psheee は母さん、ombres はミル姉さん。psheee。この文字を見るたびにあたしは、自分の口が真横にギューーゥっと伸びるような気がしてならない。

あたしが携帯に出なかったもんだから、ミル姉さんは留守電に伝言を残し、それでも気が済まずにパソコンにまでメールを送ってきたのだ。

ombres・・どこにいるのよ、いったい。

母さんのメールが長くなりそうな予感は何日か前からあった。

pscheee・・すごく落ち込んでいたもんだから、元気づけてやりたいと思っただけなのに、鄭君たら、私のこと好きだったのかしら。ククッ。

母さんはどうしてパパのことを鄭君、鄭君って言うんだろう。あたしの戸籍上のパパでもなく、母さんの法律上の夫でもないから？　だからただの鄭君にすぎないわけ？

あと十分。もう出なきゃ。確かに母さんは、鄭君のことをあたしのパパだと言ってた。

pscheee・・あんたが鄭君を探しに日本へ行ったっていうから、本当のことを明かさなくちゃと思ってね。まさか、まだ会ってないよね？　あんたが十三歳で家を出たっきり戻ってこないから、これしか方法がないじゃない。飲み屋のミスター金《キム》にいやらしいこと言われながらパソコンを習ったのもこのためよ。

結構なレストランで働いてるそうだから、食べるには困ってないでしょうけど、元気でやってる？　病気したりしてない？　このネットカフェは、なんでこうも女の人が多いのかしら。タバコくわえてゲームやっている格好ったら。はしたない。

ログアウト。終了ボタンを押した。六時に着くにはこれ以上グズグズしてられない。靴を履きながら携帯を開く。

「いったいどこをうろついてるのよ？」

ミル姉さんの声が耳に痛い。

鍵をかけ、路地に走り出た。

「どうして電源を切ってたのよ」

あたしの勝手でしょ？　携帯を耳に当てたまま急ぎ足で電停に向かった。もう、姉さんぶっちゃって、おせっかいなんだから。血がつながってる姉さんでもないくせに。

4

早々と夕食を食べに来たお客さんが四人。ホールの西側の窓辺に座っていた。極秘情報を交わすスパイみたいに頭を寄せ合ってヒソヒソ話している。

夕飯の客と夜の客を迎えようとする時間。レストランは静かに沸き立つお湯のようだ。店員たちが黙々と忙《せわ》しなく動いている。落とし蓋、揚げ台、薄板、あたり鉢、おろし金……。あたしは調理器具の位置や数を一つひとつ指差しながら小さな声で確認した。

不思議と全てがア行で始まっている。押し箱、押し型……。調理器具や食材などを確認する時は、必ず指差しながら大きな声で言うように、と支配人から指示されている。彼の指示に素直に従っている自分が不思議。でも大きい声だけは御免だ。軍隊じゃあるまいし。

大岡は厨房に入ってくると、あたしの服装を上から下までチェックし、あたしの目をじっと見つめた。マスカラが濃かったかな。マスカラはつけるなって言われてたっけ。

大岡の視線をそれとなく避けながら調理器具のチェックを続けた。ちょっとだけ声を大きくして。裏ごし、うちぬき……。指で軽く触れながら。

大岡が厨房から出ていった。流しかん、巻きす。巻きす……、やっとア行から解放された。息を大きく吸ってふうっと吐き出した。

大岡は元プロ野球のピッチングコーチ。料理は四十過ぎてから習ったという。正直言って彼の料理は誰も食べたがらない。料理が好きで習ったわけじゃなく、跡継ぎのいない叔父からレストラン・ネクストドアを受け継ぐ魂胆で、かろうじて基本だけを覚えた人なのだ。

頭と目だけで覚えた人間ほど余計な理論にうるさいのが常。タコやアワビを切る時、大岡が言う切り方をなぜあたしが拒否するのか、彼が包丁を握らない限り、生まれ変わっても理解できないだろう。

「これはうねり切りじゃなくて、まるでねじってるみたいじゃないか。だろ？」

そんなこと言われてもあたしは、構わずねじって切る。その方が見た目も美しいし、醤油にもよくからむから。お客さんにも喜ばれる。

もしかしたらあたしは、大岡を少し見下しているのかもしれない。あの年でまだ独身だし、自分の叔父の奥さん、叔母とは不倫関係だという。大岡と目が合って、何か注意されるのかと身構えると、彼はそのたびに目をしばたたかせながら、「五打数三安打、ツーラン一本、イ・スンヨプはすごいよな……」みたいな話ばかりする。

あたしは野球については何の知識もないし、興味もない。

「柿の葉百五十枚、酒粕一キロ、これでいいの？」

「はい、十分です。サンキュー」

背が低く小柄な筒井には、高めのチーフキャップがよく似合う。日本人でありながら、なぜか日本人を嫌う筒井。魚のそぎ造りの腕が飛びっきりの、変わった青年。

彼はあたしがここに来るずっと前からネクストドアで働いていた。なのに、いつもつい最近入ったばかりの新米のようだ。同僚からの人気はゼロに近い。

確かあたしがネクストドアに入って二日目だったと思う。同僚の一人（たぶん、木口）があたしの耳元でささやいた。「彼、これなんですよ」人差し指を耳の上でクルリと回転させた。そんなこと言われたって、あたしには、野球と同じようにプライベートに関しては、たとえ性器が二つ付いていようと興味はない。

筒井もあたしと似たようなもんだった。定時に出勤し、定時に店を出る。宴会やピクニックにも参加しないし、お酒も飲まない。

厨房にだけ存在する青年。厨房の外の筒井については誰も知らないし、知ろうともしなかった。人が彼を除《の》け者にするのではなく、彼が人を寄せ付けないのではないだろうか。そんなことはどうでもいいけど、二十一歳のあたしは、いったい何に引き付けられ、異国の地で料理人なんかしているんだろう。

「あなたは、何に興味があるの？　皿洗いの他に」

半年の間ずっと皿洗いだけをしているという秀雄に聞いてみた。ネクストドアであたしが敬語を使わない唯一の男性。

「布巾で皿を拭くことです」

「拭くことだって、洗うことの延長でしょ。他に何かないの？」

すごい競争率を誇る有名私立高にトップで入学しながら、なぜか大学には入れなかったという、妙に素直でおっとりとした秀雄。

ひょろ長い二十歳。毎日、皿洗いだけをさせられても不平はおろか、これからも皿洗いを続けたいと言う青年。

「布巾を替えるタイミング、みたいなことですね。皿を何枚拭いてから布巾を替えるべきか、そんなことです」

そういうことを言う時ですら秀雄は意欲に満ちている。話し方や目の表情、口元に浮かぶ笑みはいつもぎこちないが、とにかく真面目すぎるのだ。

皿を洗う、乾いた布巾で拭く、布巾の交換タイミングを計る。こんなごく単純な作業にでも秀雄は全てのエネルギーを注ぎ込む。傍《はた》から見ていて心配になるくらい。

秀雄のお母さんは、頭が地につくほど深々とお辞儀をし、息子を見習いで採用してくださいと、支配人に懇願したという。その光景を見たわけではないが、秀雄の姿を見ていると、彼のお母さんの切実な思いが十分に感じられる。

秀雄の知識には驚かされる。とりわけ日本史上の事件などは詳細に記憶していた。ケーブルテレビのクイズ番組で獲得した賞金で、父親に高級車をプレゼントしたという秀雄。

彼の知識を活かせるところはクイズ番組だけだった。でも、クイズ番組が三度の食事のように毎日あるわけでもなければ、既に優勝し賞金をもらった番組に再度出場することもできない。だから皿洗いをしているのだという。こんな秀雄を見ていると、もどかしいというよりは、痛々しくて溜息が出る。

男女二人連れがレストランのドアを押して入ってきた。

「いらっしゃいませー！」

閲兵を受ける兵隊のように大岡は語尾を長く延ばしながら叫んだ。

声の響きがまだ消えぬ間に厨房へ飛び込み「用意！」と急かす。

筒井も秀雄もあたしも、コンマ五秒、気を付けの姿勢を取った。大岡の「用意」に対する条件反射だ。

ホールの木口や愛子《アイコ》も同じ反応をする。木口はグラフィティ・アーティスト。愛子は回族《かいぞく》中国人。「本名は王愛暁《ワンアイシアオ》だけど、アイコと呼んで」と言われた。

多様で特異なキャラを持つネクストドアのメンバーたち。それぞれが、あまりにも個性的で連帯感なんてないけど、仕事に対する情熱だけは、あたしを含めて天下一品だ。店のためとか、収入とか成功のためではない。ただひたすら自分の仕事に打ち込む習性なのだ。

なぜそうなのかは分からない。でも、ネクストドアの繁盛の秘訣はここにあるのではないだろうか。それぞれが一つのことに没頭してしまう烏合の衆で成り立つ店。これが大岡の高度な経営戦略かどうかは知らない。店員たちが知っているのは、彼がピッチングコーチをしていたチームは、投手陣の力不足でリーグの最下位だったという事実だけだ。

出島ワーフに連なる食堂の中でも、夕日を見るには最も見晴らしの良くないのがネクストドアだった。宵の口のお客さんが少ない理由だ。

日が暮れて会社帰りのサラリーマンが押し寄せるまでには、まだ一時間あまりの余裕がある。彼らは長崎港の落日などには興味がない。ただ筒井とあたしの料理が好きなのだ。

湾の海面は凪《な》いでいた。凍りついているかのようにさざ波一つない。三菱造船所がいつもより近くに見えた。あたしのパパという人は、あの海からやってきたのか。密航船で。

喋りだすと止まらないミル姉さんは、あたしが出島の電停に着くまで一人で喋り続けた。耳の感覚がなくなってきて、携帯が汗に濡れて滑った。左右に持ち替えながら聞いた。

5

あなたのいる出島はね、島だったそうよ。海を埋め立てて造った人工の島。三、四百年前に、外国人をその島に住まわせて、島の外へは出られないようにしたんだって。貿易に来たポルトガル人とかオランダ人とかね。何か、外国人を閉じ込めていたって感じね。

ふふっ。もしかして、ユナも外国人だから、そこに閉じ込められてる、なんてね。その島にだけ外国人が出入りしてたらしいけど、時には外国から帰ってきた日本人も捕まえられて殺されたりしたんだって。首を刎《は》ねられてね。日本人だって海の外へは出られない、鎖国の時代だったそうだから。

昼も夜も人で賑わう風光明媚なこの港町が、実は、首を切られた幽霊でうじゃうじゃしているなんて、背筋がぞっとしない？　カトリックの宣教師やクリスチャンも、かなり殺されたらしいのよ。もしかして、お客さんの中にブロンドの幽霊がいたりしてね。ユナ、気を付けてよ。

ユナのパパも、その海から来たらしいの。浦項《ポハン》から漁船に乗ってきたそうよ。船底にうずくまってご飯も食べずに、何日もかかって着いたところが何でまた出島だったのかしら。

聞いた話だけど、その辺りは文禄慶長の役《えき》の時の朝鮮人捕虜が収容されていたところでもあるんだって。中にはポルトガルの奴隷商人に売り飛ばされてヨーロッパに連れていかれた人もいたみたいよ。

ユナのパパはそれを知っていたのかな。別に関係ないけど。せいぜい二十年前のことだし。四百年前みたいに人を殺したりはしなかっただろうからね。

ユナのパパの名前、けっこう知られていたよ。今じゃ、人が余りやりたがらない革工場を、ずっと続けてきたからね。最近は働く場のない韓国人とか東南アジア人とかを採用しているらしいの。

私がユナのパパのことを直接知ってるわけじゃないのよ。みんな観光通りの人たちから聞いた話。そこでは、そういう韓国人をよく見かけるの。歌手のＲＡＩＮに似ている奴が一人いたから目を付けてるんだけど、あいつ、私に気があるみたい。クスッ。

でもね、私は簡単じゃないわよ。じらしてやるの。うまくいったらユナにも紹介するね。かなりのイケメンなんだ、これが。ユナだって一度見れば惚れちゃうかも。

「ミル姉さんの方がその気になってるんじゃないの？　相手はもう気付いてるか

もよ」

何言ってるの。私はそんなに甘くないって。こう見えても百戦錬磨のツワモノなんだから。ユナはこの姉さんをなめてるみたいだけど。

今に見てて。ユナのパパみたいに二十年もかけない。十年以内に、ユナが働いてるような店を十店は持ってみせるから。

ところでさ、ユナのパパ、名字や名前まで変えてたってこと、知ってる？　裸一貫で出島に潜り込んだんだから、仕方なかったんだろうけど。だけど、腕が良かったらしくてね、それを認められて婿養子になったんだって。

日本ではよくある話でしょ？　妻の実家に息子がいなかったからだろうけど、ユナのパパ、案外イイ男かもよ。跡継ぎがいないからって、密航してきた朝鮮の青年を婿にするなんて。やっぱり腕だけじゃないでしょうよ。

ユナの顔立ちをみれば想像はつくけどさ。とにかく、そんな関係で名字も名前も全部変わったってこと。キジマだったかな、いやアリタだったかな。

ユナ、あなたのパパの、元の名字知ってる？　ユナと同じ「韓《ハン》」？　あ、そうか、違うこともあるね。ごめん。あなたのパパのこと、勝手にいろいろ言っちゃって。

「ミル姉さんらしいよ」

調べてみたら、その革工場は山のてっぺんにあった。興福寺は知っているでしょう？　そのお寺の裏山。そこの路地はどれも狭くてね。おまけに急な坂だから、車だって通りにくいだろうに、何であんな高いところに工場を造ったのかしらね。韓国の*1奉天洞《ポンチョンドン》とか、*2上渓洞《サンゲドン》みたいに、石段だらけの場所に。

革工場だから、そんなところに追いやられたのかも。臭うでしょ？　ひたすらに獣の皮にこだわっているユナのパパ、確かに何か訳ありね。

若い時にたった一人で密航船に乗って日本に来たこと自体、まぁ、普通じゃないから。父親を探すとか言ってヒヨっ子のうちから家出して、ここまで流れ着いたユナだって同じだけどね。でしょ？

「家出したのは、お父さんを探すためだけじゃないの」

とにかく、東京に留まらずに長崎まで来たのは、何か理由があったからでしょ。

でも、ユナのパパ、うまく隠れてたわね。捕まってたら、殺されはしなかっただろうけど、国外追放ぐらいはされたはずなのにね。バレずに二十年も頑張って、日本の女性と結婚して、おまけに革工場を引き継いで社長にまでなったとはね。

ユナはパパ似だね。ネクストドアの立派な調理師になっているところをみると。でも、私ったら、何でまたここまで金魚の糞みたいにユナにくっついてきたんだろう。そう、ユナのお姉さんだから。ウン。

とにかく、興福寺の裏山に登れば長崎が一望できるというから、散歩がてら近いうちに一緒に行ってみない？　頭で考えてばかりいないで、その気になったら、いつでも電話して。

あ、そうだ。本当に気を付けてね。真夜中にポルトガル人の幽霊が、ユナの作った銀ダラ料理を食べに出てくるかもしれないから。考えてみたら、ここって、原爆も落とされたところだよね。七万人もの人が一瞬で死んだんだって。本当に幽霊の多いところなんだから。

今どこ？　出島ワーフに着いた？　海をちゃんと見てね。ユナのパパを乗せた船が入ってくるかもしれないでしょ？　じゃあね、バイバイ。

6

出島が人工の島だってことはあたしも知っていた。カステラがポルトガル人宣教師によって長崎に伝えられたってことも、パンという言葉がポルトガル語だってことも、ここに来てから知った。

変わってないのは海だけだろう。海は太古から変わりなく地中海や大西洋とつながっていたにちがいない。パパが漁船に潜り込んだ時も、あの三菱だけはそこにあったのだろう。三菱は百三十年も前からあそこにあったって、いつか秀雄が言ってた。

海に浮かんでいる船を見ていると、何もかも忘れてしまうほど気持ちが落ち着いてくる。大きな船も小さな船も千年も動かずにいるように浮かんでいた。

この海に手を浸すってことは、同時に地中海や大西洋に手を浸すってことだよ、とミル姉さんに言ったことがある。そんなこと言って、ユナ、釜山《プサン》や木浦《モクポ》の海を思ってるんでしょ。帰りたい？　彼女は鋭く突っ込んできた。あたしのことを嘲笑っているようにも聞こえた。

大学二年の夏休み、ミル姉さんは一人でスペイン旅行に出かけたという。スペインの空港で入国手続きは済ませたものの、貨物コンベアから彼女のスーツケースは出てこなかった。スペイン入国を目前にしてスーツケースがなくなったのだ。からっぽのコンベアがいつまでもぐるぐる回るだけで、とうとうミル姉さんのカバンは現れなかった。

荷物受取の控えは持っていたのに、空港の係員はむしろミル姉さんを疑った。韓国大使館に電話をかけると、待つようにと言われた。二時間が経ち、再び電話をかけて抗議した。いつまで待たせるんですか。足がしびれてきたんですけど。受話器の向こうの答えは、「ですから、女一人で旅行なんかするもんじゃないです、怖いもん知らずだな……」なんていう返事ばかりだった。

片言の英語で一時間以上も一人で抗議をし続け、航空会社から賠償の約束はもらったものの、旅行は台無しになった。帰国し、外交通商部に抗議したら、賠償してもらえたなら、それでいいじゃないですか、という腸《はらわた》が煮えくりかえるようなことばかり言われた。

新聞社や放送局にも訴えた。どちらも口裏を合わせたかのように報道してくれなかった。警察やマスコミに二重に辱《はずかし》めを受けたセクハラの被害者みたいな気分だった。嫌気が差したから国を捨てることにしたんだと、ミル姉さんは興奮して話した。

「それって、本当の話?」ミル姉さんは答えなかった。「嘘でしょう?」聞き直すと、「ユナはいつも騙されてばかりいたの? 何で信じないのよ」と彼女は言った。「スペイン人って、昔、海賊だったんだよ」とも。

スペイン、ポルトガル、オランダ籍の貨物船がよく沖に浮かんでいる。その船を見ていると、ミル姉さんに突っ込まれたとおり、あたしはしばしば海の向こうの韓国を思う。今のあたしにとって海の向こうは韓国だけだ。他の国へは一度も行ったことがない。

海が暗くなり始めていた。長崎で日没の一番遅いのが出島ワーフ。秀雄の磨いたお皿が夕日にキラキラと輝いていた。

psheeee・・私の見た限りでは、鄭君はちっとも危険な人物じゃなかった。どこが？って感じ。優しい顔の二十四歳の好青年だった。蛇を見ると私よりも怖がっていたんだから。

着替えて、エッセンシャルクリームと口紅をつけながら、チラッチラッと読んだ母さんのメールは、鄭君の話ばかりだった。最後まで読んでる時間はない。明日の午前中までかかりそう。

psheeee・・田舎の道には、その頃はよくカラス蛇が出たの。大きくもなく毒もない。咬まれたって傷口を水キムチで洗っておけば、どうってことなかったのにさ。男のくせにね、蛇に出くわすと、追い払ってくれるどころか、私の後ろにサッと隠れるのよね。私？　私は全然平気だった。だって、蛇こそ人間を怖がっているんだよ。でもね、まだ娘だったじゃない。私だって女だもの。花の二十四歳。

そう、同い年だった。鄭君とは。

とにかく、蛇なんて、ちっとも怖くなかったけど、怖いふりをしてた。いや、本当は怖かったのかもしれない。ママも最初からこんないい加減な人間だったわけじゃないから。あんたのパパのことで気苦労が絶えなかったし、お祖母さんにもさんざんいじめられたもんだから、性格が変わったのよ。

こう見えても、＊3鄭芝溶《チョンジヨン》や＊4辛夕汀《シンソクチョン》の詩をすらすら暗唱できる純真な乙女だったの。あんたが信じようが信じまいが、これは事実だからね。大学には落ちたけど、夢多き文学少女だった。今、笑ったでしょ、あんた。見なくたって分かるわよ。鼻で笑ってるってことくらい。

でも、忘れないで。ユナはまぎれもないこの朴聖姫《パクソンヒ》の娘だってことを。他人はどうだか分からないけど、私はユナのことなら頭のてっぺんから足のつま先まで知ってるんだから。自分のことをよく頑張っているな、と誇らしく思う時があったら、それはこの母さん譲りだって思ってね。

ユナが家出して、私の前で悪ぶっているのだって、私に似たのよ。気が小さくて弱くて優しすぎる自分のことを必死に隠そうとしてるじゃない。あんたはまだ気付いてないかもしれないけど、あと三年経ってごらん。そしたらママが、ああだこうだ言わなくたって、自分のことが見えてくるから。

人間は、一生に何べんも何べんも変わるみたい。私もそうだし、ユナだってそう。あんたのパパは言うまでもなし。悪い人よ。

そうね……、鄭君は、今はどう変わってるんだか知らないけど、その当時は蛇を見て私の後ろに隠れる、まあ、可愛い奴だった。こう書くと、私が鄭君のことを好きだったって誤解されるかもしれないけど。

好きだったって言われても構わないけどさ。いい人だったよ、あいつ。でも、その時既に私はあんたのパパと付き合っていた。今考えると、私ってどうかしてた。何であんな人間に夢中になってたんだろう。まあ、運命だったのかな……。

鄭君は、そう、私にはただの鄭君だった。うちに雇われている多くの従業員の一人。口数が少なくて笑うこともなく、いつもうつむいて歩いていた、私と同い年の青年。もし彼が年相応の元気と明るさを持っていたなら、私はあまり関心を持たなかったかもしれない。

でも、可哀相だった。何というか、哀れに見えたの。危険な奴とみんなに避けられていたから。実は、鄭君は前科者だった。人を殺したっていう。過失致死《ちし》だったらしいけど。

元々鄭君は、うちの村から十キロほど離れたところに住んでいた。刑務所を一年か一年半で出所したというから、故意の殺人ではなく、事故だったってことは確かだよね。

でも、田舎だったし、実際に人は死んだわけだし、それに、被害者の家族が彼のことを悪く言いふらしていてね、鄭君はいつも危険人物扱いされてた。何の事故かって？　精米所でね、精米機のベルトに巻き込まれて人が死んだんだって。首に巻きついたそうよ。むごい話でしょ。その時に機械を操作していたのが鄭君だったわけ。精米所には二人しかいなかった。死んだ人は、よりによって、戦争の時、鄭君の祖父を死に追いやった青年団長の長男だった。青年団長？　あの忌まわしい[*5]六・二五《ユギオ》戦争（朝鮮戦争）の時のことよ。

最近の小学生は、六・二五戦争のことを、はるか朝鮮王朝時代の戦《いくさ》だと思っているらしいけど、いまだに何か事件が起きると、必ずその六・二五戦争のことが亡霊みたいに顔をのぞかせるんだから。

事故で精米所の人が死んだことを、あの戦争と関連づけるのをみても分かるでしょ。被害者の家族が、故意だとか報復殺人だとか騒ぐもんだから、裁判が長引いたらしいの。結局、過失だと認められ釈放されたけど、人が死んだのは事実。だから、じっと死んだように息を潜めて暮らしていたのよ、鄭君は。

いろいろ聞いた話によると、その青年団長とやらが戦争の時に鄭君んちの畑や田んぼを根こそぎ巻き上げたんだって。それを取り戻そうと、鄭君が調べていた最中だったとか言ってた。そうね……いくら戦争中だからって、人の財産をそうやって奪えるもんなのかどうか、私には分からないけど。とにかく、その恨みで、そこのうちの長男を殺したんだという噂もあったし、被害者側は、過失だということを知っていながら、鄭君の土地返還訴訟を阻止するために告訴だか控訴だかを続けてたって話もあるの。

どっちの話が正しいかは知らないよ。とにかく、出所後の鄭君が意気消沈していたことだけは事実。私にはそんな鄭君が哀れに見えたわけ。

重病の年老いた母がいたから、村を離れられなかったこともあったでしょうけど、白い目で見られてるにもかかわらず村に残っていたのは、無罪とは言わないけど、故意でやったのではないと、それを訴えたかったのかもしれない。

なぜこんな話をするのかって？ 知りたがってたでしょう？ 読みたくなけりゃ読まなくたっていいわよ。でも、あんたは何か誤解している。これ、ママのことを誤解しないで、って言ってるんじゃないのよ。私はどうでもいいけど、あんたのためには書かなきゃと思った。

どうせ、あんたのパパっていう人は、私からもあんたからも離れていったんだから、今さら話すこともないし、私だって、誤解も何も、今さら人生が変わるわけでもないから関係ないの。ただ、あんたが本当の父さんを探すとか言って日本まで行ったそうだから、真実を話してるだけ。

ユナ、本当に鄭君を探しにいってるの？ ……仕方ないか。私も鄭君があんたのパパだと言ったもんね。あんたのお祖母さんや叔母さんもそう言ってたし。

話は長いんだ。あんたにはつまらない話かもしれないけど、読む気があるなら書きましょ。キーボードは人差し指打ちだけど。

7

電話が鳴った。お父さんが乗った漁船が爆撃を受けたと秀雄が叫んだ。燃えながら沈没してしまったと。受話器を手に持っているのに、電話のベルは鳴り続けた。昨日、海を眺めすぎたんだ、きっと。やっと目が覚めた。昨夜ネクストドアには客が多かった。昼のラジオを聴いたと、一人の男がわざわざ厨房にやってきて馴れ馴れしく話しかけてきた。

彼のニヤニヤした顔が「本当に男の人と寝たことないの?」と言ってるようで、嫌な気分になった。そんな気持ちを払いのけるように仕事に没頭した。客が多いのは幸いだった。どういうふうに帰り、眠りについたのか記憶にない。

朝の八時。こんな早い時間に誰？　不動産屋とか何かのアンケートだって、九時前には電話してこないはず。人のことなんかお構いなしのミル姉さんに決まってる。

「もしもし。ユナさんのお宅ですか」

日本人女性の声だった。

「ア……？」

寝ぼけたまま、日本語とも韓国語ともつかない返事をした。

「寝ていたんですね。ごめんなさいね。起こして」

「ああ……？」

お願いだから切って。すまないと思うなら。

「私、淑江《よしえ》……です。佐藤淑江」

「ええ？」

もっと寝ていたい。淑江なんて知らない。

「どうしましょう。本当に分かりません？　私です。佐藤、淑江」

今にも泣きそうな声だ。

「よ、し、え、です……」

「はいっ？」

目が覚めた。佐藤淑江は、ネクストドアの実質的オーナー。大岡の叔母。彼の叔母でありながら恋人。朝の八時だった。あたしをクビにできる人。ハッ！

「こんな時間に、何……」

何かあたし、間違いでもしたのでしょうか、という言葉を飲み込んだ。悪いことをした覚えはないし、何かあったとしても堂々と対応すべきだ。ひるむことはない。筒井のように。

昨夜の記憶を素早く巻き戻してみた。これは普通じゃない。オーナー直々に、しかもこんな早い時間に電話をかけてくるなんて。でも、次の瞬間、慌てている自分が滑稽に思えてきた。

昨夜は何もなかった。ラジオを聴いたという男のニヤニヤした顔以外は。ったく小心者なんだから！　ママが言ったのはこのことだったかと苦笑した。あたしは腕のいい料理人じゃないか。自分の気持ちを奮い立たせた。でも頭は冴えてこない。朝の八時だもの。

「あと一時間くらい待ってから電話しようと思ったんですけど、待てなかったんです。こんな自分が嫌で恥ずかしい……」

彼女の消え入りそうな声は、何か哀願しているように聞こえた。あたしは少し緊張が緩んだ。

「どうぞ、ご遠慮なさらずに」

「ユナさんに情けない女だと思われても仕方がないけど、失礼を承知で電話したから、怒らないでね」

「いいえ、とんでもないです」

「自分の気持ちを曝《さら》け出すなんて……、大人げないし、みっともないけど……、不愉快には思わないで。たぶん……、ユナさんは、突然のことだから戸惑《とまど》うでしょうし、こんなことを言う日本人女性に会ったこともないと思う。私も自分のことを、もう少しましな人間だと思っていた。なんでこんな気持ちになるんだろう。

情けない。でも、ありのままの気持ちを話せば、きっと分かってもらえると思ったんです」

イライラしてきた。何が言いたいんだろう。どうせあたしが話を聞かなきゃ始まらないいんでしょ？　前置きが長いと逆効果だってば。分かってないな。でも、あたしは寛容になることにした。

「ご遠慮なさらずに、どうぞ。お気持ちは十分伝わります。あたしに何か、できることがあり……」

「あります」

「何でしょうか」

「本当のことを言っていただけますか」

「そうします。ですから、どんなことでしょう」

「大岡と……」

彼女は言葉を飲み込んだ。自分の言葉に驚いたように。

あたしは彼女の言葉を反芻した。大岡と、大岡が、大岡は、大岡を……大岡と……。

うーん、思わず唸ってしまった。

「もしかして……」

眠気がすっ飛んだ。途切れていた彼女の言葉が、ひどい冗談のように続いた。

「付き合っているのではないかと……」

エエーッ！　どういうこと？

「大岡の財布に……ユナさんの写真が入っていたんです」

話が一気に佳境《かきょう》に入った。

なんて馬鹿なことを、と言いたいのをぐっと抑えた。大岡の姿を一つひとつ思い出してみた。アンコウよろしく出っぱった大きな口、ドングリ眼《まなこ》に狭い額、色黒で寸詰まりの背丈、坊主頭に近いスポーツ刈り、スヌーピー柄のサスペンダーによちよち歩き。

ピッチングコーチだったなんて。ガラガラ声だけならともかく、野球のユニフォームとは無縁に見える、彼の間の抜けた笑い顔が頭に浮かんだ。

大岡の姿を思ったら急に気持ちが落ち着いた。冗談じゃない。余裕をもって答えられる。ああ、そんなことですか。それならいくらでも……。

「何日か前にデジカメで写真を撮ったんです。全員の写真をです。従業員名簿に貼ると言っていました」

少し面白くなってきた。でも、茶化すのはやめよう。ここは真面目に。佐藤さんは今にも泣きそうな声だもの。

「あ、そうですか。そうだったんですね」

可哀相な佐藤さん。

「はい、そういうことでしたけど……」

「だけど、どうして……ユナさんの写真が大岡の財布に入っているんでしょう。ユナさんのだけが」

「それは、あたしも分かりません」分かるはずがないじゃない。

「あの、あたしから支配人に聞いてみましょうか。その方がいいでしょうか」

「いいえ、いいえ、いいです。どうか、それだけは……」

「その方が早いと思うんですけど」

「いいえ、それだけは……しないで……」

ちょっと意地悪したいけど抑えよう。あちらは切実だもの。

「では、あたしがお手伝いできることは、もう、ないようですが……」

「あー、そうですね。でも……」

「付き合ってないってことは確かです。絶対に。ネバー。アブソリュートリー」

「ありがとう。でも悔しい。恥ずかしいし。私の気持ち、理解できますか。いいえ、できないでしょうね。本当に、私ったら、どうかしている……」

とうとう受話器の向こうからすすり泣く声が聞こえてきた。どうしよう。あたしは受話器を握ったまま途方に暮れた。何か言ってあげなきゃならないんだろうか。八時十分。困った朝だ。

「真実は時の娘っていう言葉があります」

とんでもない言葉があたしの口から飛び出した。こういうことを言うから、あたしは、ミル姉さんに馬鹿にされているのだ。

無意識のうちに、なんだか彼女を慰めたくなったみたい。

「時間が経てば万事明らかになってうまくいくという、そういう意味だと思います」

恋に落ちて、朝から取るに足りないことで泣いている母さんくらいの年齢の人に、慰めの言葉をかけるなんて。でも、ついでに声の調子を整えて付け加えた。

「格好悪いことでも、恥ずかしいことでもないんじゃないでしょうか。何事もないように装っている人の方がずるいと思います。正直に言っていただいて、あたしはむしろありがたいです。……大岡さんには……佐藤さんしかいないと思います。あたしの写真、それは何か、他の理由があるんじゃないですか。ええ、また何かありましたら、いつでもお電話ください」

すすり泣きはだんだん静まっていった。それより、あの写真はきれいに写っているんだろうか。まだあたしは見てないもの。待って。あたしって、人のことになると、けっこう親切になれるじゃない。なのに、どうしてママには一度だって優しくできなかったんだろう。

「では、失礼……します。本当にごめんなさい。ユナさん、ありがとう」

「気にしないでください。分かります、その気持ち。では」

なだめるように言って受話器を置いた。もう少し受話器でも撫でてあげたいような気分だ。朝の心地良いまどろみの時間は吹っ飛んだけど、悪い気分ではなかった。

気にしないでください。分かります、その気持ち。では……。

最後の言葉をもう一度口にしてみながらベッドから起き上がった。一体何があったんだろう。パソコンの電源を入れ、歯を磨き、鍋にジャガイモを入れた。太陽は見えないが、蒸し暑くなりそうだ。カーテンを開け、窓も開けた。稲佐《いなさ》山の頂上を覆っている雲がみるみる流れていった。

psheeee‥とにかく鄭君、そう、鄭君は病気の母親が亡くなったあと、うちの村に越してきたの。人を殺すくらいの激しい気性の人なら、大都会とかどこか遠いところへ行って、また図太く生きていけるでしょうに、自分の村を離れたっていうのが、たかだか歩いて二時間の柿谷《カムコル》の村とはね。

これって、根は悪い人じゃないってことでしょ？　柿谷の人たちも鄭君のことはみんな知ってたから。母さん（あんたのお祖母ちゃんのことよ。顎の大きなホクロ、覚えてる？）の心配をよそに、父さん（お祖父ちゃんはあんたが生まれた日、ずっとお酒を飲んでいた。なぜだと思う？）は鄭君を雇うことにしたの。

人手が足りなかったこともあった。当時、田舎の小さな町の革工場で働くってことは、どん底の人生みたいに思われていたから、だから、働いていたのはみんな村の年寄りばかり。そこに二十四歳の青年だもの。それはもう輝いて見えたはずよ。前科者でなかったならね。

「人手は要るけど、あの男は……」と、お祖母ちゃんはむしろ鄭君の若さが気になったみたい。同じ年の一人娘がうちにいたわけだから、お祖母ちゃんとしては当然心配だったでしょうよ。

噂だけで知っていた鄭君が初めてうちに来た時、ドアの隙間からちらっと見た。ちらっとだから一秒もなかったと思う。だけど、一目で分かった。全然危ない人じゃないって……。

そんな人だった。世間知らずの田舎娘が見ても問題ない、ってすぐに分かるような。間違ってなかったわ。その後もずっと。

いい人だった。なのに、他の従業員にはそう見えなかったみたい。いつまで経っても、みんなとは親しくならなくてね。ご飯も一緒に食べようとしなかった。

あんたも覚えてるでしょ？　お祖母ちゃんちの庭に大きな柿の木があったのを。大きな柿がなっていてね。お祖父ちゃんはその柿を見るたびに「お前の娘のどたまぐらいじゃないか」と言った。そのくらい柿が大きいってことじゃなくて、そのくらいあんたが可愛くないってこと。お祖父ちゃんはあんたのパパを嫌ってた。だから、あんたまで可愛くなかったんだね。ごめんね。そんな目に遭わせて。何の話をしてたっけ。

そう。その柿の木は、実も大きかったけど、葉っぱも雄牛の耳みたいに大きかった。お昼時は従業員たちがその木陰でご飯を食べたりしてたの。たまにはジャージャー麺やチャンポンの出前を頼んだりしたけど、大体は、お祖母ちゃんが作って出していた。

真鍮製の大きな器にビビンバが出る時もあれば、夏は小麦粉を捏《こ》ねてうどんを作って出したりもした。手製の豆乳スープをかけて食べる冷たいコンカルクス。このメールを書き終えたら、それを作って食べよう。この前、冷凍しといた手作り麺があるんだ。そういうの、あんたのレストランのメニューに入れてみたらどう？　日本人の口に合うかもよ。あら、また話が逸れた。

そう、鄭君はね、木陰に入らず日差しとの境あたりに中途半端に座っていた。鄭君、木陰に入れよ、一緒に食べよう、なんていう人は一人もいなかった。みんなが自分のことを避けたいだろうと思って、鄭君自ら距離をおいているようでもあったし、鄭君のそういう配慮を従業員たちは当たり前と思っているようでもあった。だから、お祖母ちゃんと私が鄭君に食事を配るには、二、三歩余計に歩くことになった。

お祖母ちゃんは、聞こえたって構わんとばかりに、「殿様じゃあるまいし、なんで余計に歩かせるのよ」なんて言った。そんなこともあったから、いっそう縮こまっていたかもしれない。母の言うことは気にしないでください、なんてことは口にしなかったけど、キムチを運ぶ私の動作や表情にそういう気持ちが表れてたと思う。私がいつも微笑んでいたのはそのためだったから。

お祖母ちゃんにはそれがまた不満だったらしい。目が合うたびに私のことを睨みつけた。私はいろんな理由で憎まれっ子だった。「気に食わない大学生の奴」(あんたのパパになる人をお祖母ちゃんはいつもそう呼んでたの。あんたは知らないでしょうけど)と密かに会うかと思うと、危険極まりない殺人の前科者に優しくしたりするものだから。

こんなこともあった。鄭君がうちに来て間もない頃だったと思う。うちで鶏を飼ってたんだけど、ある日、鄭君が死んだ鶏一羽を手に持って畑に突っ立っていた。それを私とお祖母ちゃんが一緒に見ちゃったの。お祖母ちゃんはすぐ鶏小屋へ走っていって、鶏の数を確認した。はたして一羽足りなかった。

すると、お祖母ちゃんはすぐさま、キッと鄭君を睨みつけた。舌打ちしながら「ほらね、私が言っただろう」と私に言った。うちの鶏を盗んだというわけよ。鄭君はうろたえていた。畑の真ん中あたりで、どうすることもできずにただ突っ立っている鄭君が急に哀れに思えたの。

それで私が言った。お祖母ちゃんに。いや、鄭君に聞こえるように言ったと思う。「ヤマネコだわ。ヤマネコがさらっていく途中で落としたのよ。昨夜《ゆうべ》、鶏小屋から騒がしい音が聞こえたもん。お母さんは聞いてない?」と出まかせを言った。鄭君に目配せしながらね。私の話に合わせなさいっていう意味だったのに、あいつ、全然気付かず、腑抜けみたいに突っ立ってるんだもの。そんな度胸もないくせに鶏を盗ろうとしたかと思うと、なんか、情けない奴に思えてね。鶏一羽くらい、大したことじゃないんだから、食べたけりゃ言えば良かったのに……。

それがね、本当にヤマネコの仕業だった。死んだ鶏の首にヤマネコの鋭い牙の跡がくっきり残っていたの。隣の家の鶏もその日、同じように二羽も死んでたのよ。幸い私の話が当たってたってことだけど、実は、鄭君がやったと私も思ってたから、内心ギクッとした。でも、鄭君は私の気持ちを疑ってないようだったから、ホッとしたけどね。

ヤマネコの仕業だって分かってからも、お祖母ちゃんは、鄭君に対する警戒を緩めなかった。皮加工の家業を長いことやってきたお祖母ちゃんだから、動物の皮を剥ぐ仕事なんか、職人並みにこなしてたけど、自分の先入観を剥ぎ取ることはできなかったみたい。

それでも私は、鄭君のことが全然怖くなかったし、警戒もしなかった。うちに来て以来、何一つ問題を起こしてないし、むしろお祖父ちゃんからは、仕事がうまいと誉められていたから。お祖父ちゃんまでがそうだから、お祖母ちゃんは警戒心のない私が余計憎らしかったんでしょう。

茶碗を受け取る時の、微かに震える鄭君の手、うつむいたまま味噌汁を受け取る表情みたいなものが、私は哀れでならなかった。頭をコツンと小突いて、「おい、元気出せ」と言ってあげたいくらいだったけど、私は工場主の一人娘で、二十四歳の、花も恥じらう乙女だったんだもの。本当にしとやかだったんだから。ユナは信じないでしょうけど。

自分勝手なあんただけど、時折自分が素直だなと感じられることがあったら、それは、ママ譲りだからね。もう既に何百回も気付いてるでしょ？　そのはずよ。あんたは私のお腹から出てきたんだもの。

あの鄭君、別に何にも問題なんかなかった。何にも。今だったら「友達になろう」なんて言えたかもしれない。でも、田舎だったし、お祖父ちゃんやお祖母ちゃんは頑固者だったし、周りの人たちもみんなそんなふうだったから、私はただ、真面目だけど小心な若者として接することにしてた。何より、当時私は、あんたのパパにすっかり心を奪われていたからね。

8

スタジオの中の秀雄は輝いていた、空色のシャツも顔も。何より目がキラキラ輝いている。照明のせいかなと思ったけど、他の解答者たちに比べても秀雄はひときわ目立っていた。

襟元までボタンを留めなかったらもっと良かったのに。秀雄はいつものようにシャツのボタンを一つ残らずきちんと留め、スタジオのカメラの前で司会者をまっすぐに見ていた。

いつ現れたのか、来られないと言っていた秀雄のお母さんが一番前の席に陣取っていた。あたしがママだったら、無理にでも一つくらいボタンを外させたかも。半袖から見える秀雄の腕が白粉《おしろい》をつけたように白かった。ボタンを一つだけ外せば、白くきれいな首筋が見えて、もっと輝いて見えたはずなのに。それでも、今日の秀雄は十分に明るく輝いていた。肌がとびっきりきれいだった。彼が毎日磨いているのはお皿ではなく体であったかのように。

「六月をＪＵＮＥ《ジューン》、七月をＪＵＬＹ《ジュライ》と言います」

秀雄が素早く「○」の札《ふだ》を上げた。ウォーミングアップの問題だから、そこまで素早く上げなくてもいい場面だった。基本点を与えるためのサービスみたいな問題なんだから、余裕の笑みを浮かべてゆっくり答えてほしかった。

「ロビンソン・クルーソーの作者はダニエル・デフォーだ」

秀雄はまた「○」をパタッと上げた。緊張しているからではなく普段の性格がそうだってことは知っている。でもあたしは、秀雄が客席のみんなに余裕のある素敵な青年に映ってほしかった。パタッは、ちょっと。

「一八八三年、プレダッピオ村のパン屋の長男として生まれたムッソリーニは、イタリア人である」

「お！」とあたしは内心得意になった。ムッソリーニが何をしたかは、はっきり覚えてないけど、名前を聞いただけでイタリア人であることは分かるじゃないか。

「まる！」

「〇」の札がパタパタッと上がった。六人中五人が「〇」で、残りの一人が「×」。

どうしたの、秀雄。間違った？

あまりのショックに声を上げそうになった。司会者が言った。

「正解は、×です」

え？　ウソでしょう。ムッソリーニは、あたし好みのファッションブランドでもあって、あたしのような人でも知っている、間違いようのないイタリア人ではないか。

秀雄がニヤッと笑った。彼が少し恐ろしく見えた。司会者が言った。

「このクイズ番組は、少々意地悪です。引っかからないように注意して聞いてください。解答者の皆さんのレベルが高くて、こうでもしないと優勝者が決まりませんから。ムッソリーニは、パン屋の息子ではなく、鍛冶屋の息子でした」

客席がエエッと、どよめいた。司会者はニヤニヤしながら、苦肉の策ですからご了承ください、と言った。

秀雄のお母さんは膝の上に両手をそろえていた。上品に見えて、どこか寂しげな肩。秀雄のお父さんはどういう人なんだろう、初めて知りたくなった。

先週の月曜日、秀雄は自分が磨いておいたお皿を数えていた。

「これで全部です。合わせて百八枚」

「お疲れさま。一休みしよう」

あたしは秀雄に冷たいグレープシャーベットを渡した。

「百八は、仏教でいう煩悩の数です」

口の中のシャーベットがまだ溶けてないだろうに、彼は喋りだした。

「それは、『デスノート』の完結編の数でもあります。それから、FM周波数の限界も108MHz。TSP108.DLLは、コンピュータ・エクスプローラーの名称ですし、ジーンズの中でも一番有名なのはDD108です。無線のネットワーク108mbpsは、使わない方がいいと思いますよ。接続が良くないんです。創立百八年の川上高校の校長は去年、男子生徒へのセクハラの疑いで逮捕され……」

「それを全部覚えるわけ」

「自然に頭に入るんです」

「自然に？」

「一度聞いただけで、ほとんど忘れないんです。これって病気ですよね」

そんな病気、あったっけ。何でも覚えてしまう病気。受験には最高ではないか。それでも大学入試に落ちたというんだもの。やっぱり病気？

「あたしの知り合いはね、地下鉄の路線図をまるごと覚えていた。韓国人だから韓国の地下鉄の路線図だったけど。ソウルのだけでなく、盆唐《ブンダン》とか仁川《インチョン》とか、いろんな路線の……」

「ブン……ダン？」

「そういう地名があるの、韓国に。その子が覚えていたのは正確には地名ではなく、駅名だけど、順番で覚えて逆からも覚えて、自由自在だった。一駅おきに言ったり、一号線と二号線をジグザグで言ったり、本当にすごかった。普通じゃないと思ったもの」

「実はそれは……」

「それは？」

「僕もできるんです。覚えるまでもないんです。口を開けば自然に出てくるんですから」

「口を開けば出てくる？　秀雄君、あたしみたいなおバカさんはね、そんな話を聞くと、すっごくへこんじゃうんだけど。少し気を遣ってくれる？」

「だけど、ユナさんは料理がうまいじゃないですか。僕はレシピはペラペラ言えるけど、作れないんです。料理だけじゃない。『女の子にモテる術』という本なんか、てにをはまで覚えているんです。でも、女の子とは一度も付き合ったことがないんです。僕の病気はそういうものです」

「……そういうもの？」

女の子とは一度も付き合ったことがないんです、という彼の言葉が頭の中でぐるぐる回った。

「覚えたものがうまくつながらないんです。母は、豆乳が豆腐になるように、化学作用みたいなことが起こらなければならないと言うんですけど、それが僕にはできないんです。お腹に入った食べ物が消化されずにそのまま便として出てきたら、気持ち悪いですよね」

あたしはつぶれた胡瓜《きゅうり》やカボチャ、ナスなどを想像して笑ってしまった。その笑いで、頭の中でぐるぐる回っていた秀雄の言葉が吹っ飛んだ。あたしは忘れるのが早すぎるから困る。でも、これでいいのだ。忘れた方がいいことは、忘れていい。

それでですけど、と秀雄が言った。

「クイズ番組には、正直、出たくないんです。そういうところに出ると、何でも覚えようとするでしょう。役にも立たないものを覚えてもしょうがないし。皿洗いだってちゃんとできないのに、そんなもの……」

あたしも思わず喋りだした。

「役に立たないなんて、そんな……。クイズ番組だってお金になるじゃない。あたしは料理で稼ぐけど、秀雄はクイズで稼ぐってことだよね。どこが違う？　お金が稼げるって、役に立つことなんだよ」

秀雄の顔がパッと明るくなった。

「本当にそう思いますか？　実は、今度ケーブルテレビのクイズ番組に出ることになったんです。賞金は百万円だというけど、いろいろ景品分を除けば、もらえるのは五十万円くらいかな。金曜日の午前中に収録があって福岡に行くんですけど、今回はたぶん、僕一人で行くことになりそうです」

一人で？　忘れていた言葉をまた思い出した。**女の子とは一度も付き合ったことがないんです……。**

「次の問題で、共通しているものは何でしょう」

女子アナはすらすらと問題を読み上げていった。

「ダーレン・アロノフスキーが監督した一九九八年の映画のタイトル。この映画で主人公のマックスは株式市場のメカニズムを構成している数字の隠れた法則を分析する。

……小麦粉とバターで作った生地に甘く風味のある具を入れて作る食べ物。これはアメリカ開拓以来人気を博してきたもので、リンゴで作ったこれはアメリカでもっとも一般的な家庭料理の一つとなった」

食べ物のことならあたしも分かるような気がした。

「十七世紀の末、ヨーロッパではこれを計算する多様な方法が、新しい数学分析の方法を通して行われたが……」

食べ物系のヒントはもう出ないんだろうか。ヒントが抽象的で短すぎる。一番肝心なヒントは三番みたいだけど、数学かぁ。あたし、数学は苦手。

「二十世紀の初め、インドの天才数学者と言われたラマヌジャンは大変効率的なこれの計算法を開発し……」

秀雄の白い腕がピクっと動いた。ビィーッとブザーが鳴った。しかし秀雄のランプはつかなかった。

「三番の、西郷寺さんが早かったですね」

はげ頭の中年男が西郷寺さんだ。

「パイ」

「正解です」

パチパチパチ。拍手。

自動車整備工場を経営しているという、はげ頭がニヤニヤ笑った。

「二番のブザーは故障してるみたいです！」

誰かが叫んだ。

「えっ？」

と、司会者が客席に向かって言った。客席のみんなが後ろを振り向いた。あたしも後ろを振り向いた。後ろには席がなかった。壁だった。みんながあたしを見ていた。叫んだのはあたし？

「二番の杉山秀雄さん、ブザーを押してみていただけますか」

秀雄の華奢な手がブザーを押すと、ビィーッと、びっくりするほど大きな音が響いた。このまま続けましょう、編集は後で。暗闇の中でプロデューサーらしき男がイライラした声で叫んだ。

最初に押した人のブザーとランプだけが作動するようになっているのは、どこのクイズ番組も同じです、と司会者はあたしの方を見ながら言った。睨みつけるように。客席のみんなは顔を前に戻した。秀雄のお母さんだけが、しばらくあたしを見ていた。

でも、安心だ。秀雄は既に二百八十点を取っていたから。はげ頭の整備工場の社長は二百十、熊本から来た主婦は百九十、あとは相手にならないと思った。だって、百五十以下だもの。クックックッ。

「この人は誰でしょう」

どうしてクイズ番組の女子アナの声はみんな偉そうなんだろう。そう思った瞬間、この問題はいただき、と思った。

「武士の家に生まれ、十九歳で比叡山僧徒《そうと》の反乱を鎮圧したことで頭角を現した
この人は……」

日本史の問題だったから。

「……戦略的要地である関東地方を支配していた清和源氏《せいわげんじ》の頭領となるが……」

ビィーッ。

今度は確かに秀雄のランプが点いた。

「もう、お分かりですか」

秀雄は「はい」とも言わず、すぐ答えを言った。緊張のせいでも、急いてるせいでもなく、彼の性格なのだ。秀雄のそういう性格が痛快に思えた。

「源 為義《みなもとのためよし》です」

「正解！」

ヤッタ！ あたしは声をあげて飛び上がった。もし天井がもう少し低かったら、あたしの頭はスイカみたいに割れていたかもしれない。手が痛くなるほど拍手し

た。また客席の人たちが振り返ってあたしを見た。あたしが言ったのはヤッタ！ではなかったのかもしれない。キャーだったか、ヒャアーだったのかも。

三台のカメラの中の一つが、サッとあたしに向けられた。

「お姉さん……ですか」

司会者が聞き、あたしは「はい」、秀雄は「いいえ」と同時に答えた。今度は秀雄の性格が恨めしかった。

「では……、どういう間柄ですか」

司会者が秀雄に聞いた。

「レストランで一緒に働いている先輩です」

「お姉さんのような方ですね」

一台のカメラは、ずっとあたしの方に向いていた。ぎこちなく見えないよう、あたしはずっと笑みを絶やさなかった。間抜けに見えたかもしれない。

「どういうお仕事をなさっているんですか」

「調理師です」

「杉山さんと先輩と、どちらがですか」

「先輩が、です」

最初からそうだったが、司会者から立て続けに質問されると、秀雄の返事はますます幼稚園児みたいになってきた。

「じゃ、ご本人はどういうお仕事をなさっているんですか」

「皿洗いです」

「皿洗いですか。それも面白そうですね」

「はい、面白いです」

「大変なことはありませんか」

「はい、大変なことはありません」

司会者は園児にするような質問を、二十歳の秀雄に続けた。

「将来の夢……は？」

秀雄は返事に詰まった。世界一難しいことを質問されたような表情だった。お母さんを見て、あたしを見て、司会者と客席を見回した。こんなことじゃなくてクイズに答えさせてください、と言いたげな表情だった。どうしていいか分からない秀雄が可哀相だった。司会者が憎らしかった。

「平凡な……人になりたいです」

秀雄が答えた。客席がざわめいた。

「平凡な人になりたい……ですか。これは意外なお答えですね」

秀雄をバカにしている。走っていって司会者のわき腹でも蹴飛ばしてやりたい。実を言うとあたしも秀雄の言葉に驚いた。でも、笑えなかった。率直で切実、真面目な答えであることが、司会者に分かるはずがない。

列車で福岡に来る時、あたしはコーヒーを飲み、秀雄はココアを飲んだ。秀雄は窓側に座りたいと言った。窓側に座ると車輪の回る音がよく聞こえるんです。彼は車輪のリズムに合わせて顔を上下に揺らした。久しぶりのうららかな日だった。田舎道を数台の車が軽快に走っている。

「ゆっくり飲んでね」

ココアを膝にこぼしそうでどうも不安だ。

「はい、ゆっくり飲みます」

「ストローをちゃんとくわえて」

「はい、ちゃんとくわえます」

こういう子供を受け持った先生は楽だったろうな。

「もしかして、柿田《かきた》商事って、聞いたことある？」

「歴史の本に出てくる会社ですか」

「それはないと思う。長崎にある、小さな会社だっていうから」

「聞いたことないですね。すみません」

「別に謝ることはないわよ」

「僕は、本に書いてあることしか知らないんです。本以外の世界は何にも分かりません」

「何にも分からないってことはないでしょ」

「ほとんど分からないんです。本の中にあるものと本の外にあるものとでは、火星と金星みたいに違うんです」

「火星と金星？」

「それほどかけ離れてるんです。火星と金星は永遠に出会えないんですよね」

「火星と金星ね……」

「母が言ってました。火星と金星だって。今度のクイズも母が申し込んでくれたんです。僕はそんなこともできないんです」

「なのに、何でお母さんはいらっしゃらないの」

「分かりません」

「分からない？」

「僕が知っているのは、本の中のことだけですから」

あ、そう。うん、うん。と、あたしは大きく頷いた。うん、うん。

秀雄が言った。

「小さい時にひどい熱を出したそうです。たぶん、その時からみたいです。火星と金星は」

「小さい時？」

「一歳の時」

「えぇっ？　一歳の時のことを覚えているの？」

「まさか！　母に聞いたんです。本の外のことしか知らないってのも病気ですが、本の中のことしか知らないってのも、やっぱり病気ですよね」

あたしは窓の外を見た。

「あれを……何ていうか、知ってる？」

川に張り出ている木造の構造物を指差した。船をつなぐこともできれば、その上で釣りもできる。

「壊れて少しだけ残った木の橋みたいな、あれですか」

「うん」

「桟橋です」

「ほら、知ってるじゃない！　本の外のことだって知っている。あたしは生まれて初めて知ったのよ」

声が大きすぎたようだ。慌てて車内を見回した。幸い、こちらに注目する乗客はいなかった。

秀雄が言った。

「ヘミングウェイの本に出てくる言葉です。英語ではピアというんです。P《ピー》、I《アイ》、E《イー》、R《アール》」

うん、うん、うん、そうなの。あたしがコーヒーを少しこぼしてしまった。手の甲にこぼれたコーヒーを秀雄がすばやく拭《ぬぐ》ってくれた。自分の手のひらで。

嬉しくて秀雄の肩を撫でてあげた。彼は二十歳。あたしは二十一歳。一つしか違わないのに、あたしって、どうして彼のママのような気持ちになるんだろう。

psheeee‥あんたのパパに初めて会ったのは、二十一の時だった。それこそ花も恥じらうお年頃。胡瓜にたとえるなら、まだ花も落ちてない胡瓜。そんな胡瓜をもぐと、決まって大人に怒られたけど、あんたのパパは、そんなうぶな私を誘惑したわけ。

まぁ、私も惚れこんでいたのは確かだけどね。あんただって今年二十一でしょう。二十一って、どれだけ素晴らしい年頃だか分かる？　そういう時があったって思うだけで、年をとっても寂しくならないと思うの。なのに、あんたは今そこで何しているの？　まだ子供のくせに、酸《す》いも甘いも知り尽くしたみたいに大人ぶっているけど、私の目にはまだまだ青臭いからね。ちっともなってないんだから。

「今、気付いたんですけど、ユナさんの手、小さいですね」

コーヒーがついてた手の甲に目をやった。

「うん、ちょっと小さい方ね」

「僕もユナさんのような、手の小さな彼女ができて、デートできるでしょうか」

「小さい手が好き？」

「ユナさんの手を見て、ふと、そう思いました」

「秀雄君はいい人だから、素敵な彼女、できると思うよ。クイズの時みたいに、自信持って生きていけばね」

秀雄がパッと明るく笑った。

「はい、自信を持って生きていきます」

そして付け加えた。

「ありがとうございます」

「何が？」

「いい人って言ってくれて」

福岡までの列車の中でずっと浮かべていた笑顔を、秀雄はクイズ番組の収録が終わるまで絶やさなかった。優勝だったのに、賞金は二十万円しかもらえなかった。でも、秀雄はずっとニコニコしていた。嬉しいからではないってことを、あたしは分かっている。


嬉しい時も悲しい時も、そして、寂しい時も照れくさい時も、彼はいつも笑顔なのだ。笑みのウイルスに感染しているとしか言いようのない、秀雄のたった一つの表情。他人や世間にどう対応していいか、彼は分からないようだった。世間に対する恐れのようなものが感じられる彼の笑み。無気力や卑屈、そして憤りまでも笑みで包《くる》み、その笑みで痛々しいほど必死に自分を支えていた。

秀雄が知っているのは、時々大きな誤解を招くことはあるにしても、笑顔というのは、もっとも危険の少ない表情であるということだけ。世間からの無視や疎外から自分を守り、生き延びようとする本能。秀雄の笑みの裏に潜む悲しい影だった。

あたしは悔しかった。優勝と認めてもらえなかったことも、賞金を二十万円しかもらえなかったことも。

秀雄より高得点の人はいなかったから、秀雄は実質的な優勝者だ。なのに、賞金は百万円ではなく二十万円。優勝とは言えない金額なのだ。

不公正でインチキくさいルールだった。紛れもない優勝者に、五分の一の賞金だなんて、まるで詐欺じゃないか。あたしは席に座ったまま、ぶつぶつ言った。秀雄が第二ラウンドまで獲得した点数は五百二十点で、ダントツだった。二位の整備工場のはげ社長が残りの問題を全部正解したとしても、秀雄より二十点少ない。

あっけなく優勝者が決まってしまったが、第三ラウンドからというのが、おかしかった。最高点の一人だけに出される最終問題三つのうち、二つ以上に正解をしないと百万円はもらえないというのだった。一つだけ正解すれば五十万円、一つも正解できなかったら二十万円。

一・五リットルのジュースを一気飲みしたら百万円を差し上げますというならまだしも、それを飲み干した後、二秒以内に口笛を吹いたら賞金を差し上げますというのも、まだ許せる。でもこれは、一気飲みをした後、口笛を吹き、それから三十秒以内に二十回げっぷをしないと、賞金は全額差し上げられませんよーだ、みたいなルールじゃないか。

最終問題は冗談を通り越して悪ふざけのようなものだった。

「ブログに文章を書き込むことを……?」という問題に、秀雄は自信たっぷりに「ブロギング」と答えた。すると、何事もなかったかのように女子アナの傲慢な声が続いた。「……ブロギングと言いますが、……携帯電話で読み書きできるブログを……?」「モブログ!」と秀雄がまた答えた。女子アナはその答えを無視し問題を読み続けた。「モブログと言います。では、ここでブログという用語を一九九九年に最初に使った人は？」秀雄は答えられなかった。答えるのが怖かったのかもしれない。答えたところで、問題は際限なく続くんだろうから。

答えが出ないとみると、秀雄の表情を意地悪く探りながら続けた。「だ、れ、でしょうか？」

秀雄は溜息をつきながらも笑った。そういう時は、ふざけるな、っていう顔をするのよ、秀雄。あたしは憤りを隠せなかった。

「正解は、ピーター・マーホルツでした。難しかったようですね。前回、ブログについての問題があったので、もしかしたら解答者の皆さんは予習済みかと思ったんですけど、残念ですね」

残念だなんて、よく言うよ。あー良かった、って顔じゃない。前回と同じ問題がまた出ると誰が思う。人をバカにして。

くだらない第三ラウンドの問題全てを逃した秀雄の顔は、すっかり疲れ果てていた。それでも彼の笑みは最後まで消えなかった。

戦場で策のない小隊長に、死にたくなけりゃ前だけ見て突撃しろ！　と命令され、がむしゃらに走っていく可哀相な二等兵のように、秀雄は仮面のような笑みを絶やさなかった。

ピーター・マーホルツが何よ。そんなこと知ってて、いったい、何の役に立つのよ。お金になることは役に立つことだなんて言った自分が情けなかった。結局、お金にならなかったじゃないか。

「どうしたんですか。ユナさん」

秀雄が近付いてきて尋ねた。

「悔しい。この番組、まるっきりインチキじゃない」

「でも、僕が優勝したじゃないですか。賞金ももらったし」

「二十万円だけでしょう」

あたしは、がっくりうなだれた。

「どこも同じようなもんです」

そう言いながら秀雄は、あたしをキュッと抱きしめ、背中をトントンしてくれた。

うなだれたまま、あたしはひょろ長い秀雄に抱かれていた。

「そうですよ。秀雄に勝った人はいなかったんだから」

秀雄のお母さんだった。あたしは顔を上げ、秀雄の貧弱な胸から離れて二、三歩さがった。

彼のお母さんが暗い客席からあたしを見ていた。黒いシルエット。舞台の明るい照明のせいだった。彼女の顔を見ようとあたしは思わず目を細めた。暗くても色白だってことが分かった。小さな顔、形の良い鼻、優しそうな目。

「いつも息子がお世話になっています。ユ……」

「ユナ。ハン・ユナ。韓国の人です」

秀雄が答えてくれた。

「ユナさん、ありがとうございます。秀雄をよろしくお願いします」

後頭部が見えるほど深々と頭を下げた。大岡にもこのように深々とお辞儀をしたんだろうか。

慌ててあたしも同じように頭を下げた。

「あ、はい」

「母です」

秀雄が言った。

9

psheee‥韓彬《ハンビン》。名前だけでもグッと魅かれるでしょ? こういう名前、当時は珍しかったのよ。そこらによくあるのが、ヨンドクとか、チョルギとかいう名前で、せいぜい女の子に人気のあった名前といえば、呼びやすくて耳触りのいいってことで、ジハン、キフンくらいだった。なのに「ビン」なのよ、名前が。いい響きでしょう。それも漢字一文字の。

だからだったかな。友達が彬《ビン》を呼ぶ時は、普通だったら名前の後ろに「ア」を付けて「ビナ!」と呼ぶところを、何にも付けずに「ビン!」と呼んだ。「ビン」と呼ぶと、余韻がいつまでも残ったの。「ビナ」と呼ぶと、なんだか貧乏臭い感じがしたのにね。幸い友達はみんな「ビン」と呼んでくれた。あの家は裕福だったから、おべっかを使ってたかもしれない。

ヨンドガ、チョルギヤ、ジハナ……みたいに、名前を呼ぶ時は、語尾に「ヤ」か、「ア」を付けて呼ぶのが普通でしょ？　なのに、あんたのパパの名前は、何にも付けずに「ビン！」と呼んでくれたのよ。おしゃれでしょう。

二十一の私が胸をドキドキさせながら心の中で呼んでいた名前。ビン。彬。漢字で書いても、ローマ字で書いても映えるのよ。

あんたのパパは自分の名前を英字で書く時は必ずWIENと書いた。それをアホな奴らはワインと呼んでいた。ドイツ語の発音はヴィーンだよね。オーストリアの首都ウィーン、ヴィエンナとも言うところ。それがビンなわけよ。

それがうらやましかったのか、一時、近所の男の子の間では、名前に、この「ヤ」や「ア」を付けずに呼ぶのが流行ってたの。ヨンドク！　チョルギ！　キフン！　なーんてね。何か、本人たちも、ぎこちなくておかしがってた。

結局、みんなは元の呼び方に戻ったけど、あんたのパパだけは、ずっと「ビン」だった。あれもこれも懐かしく蘇る、愛おしき想い出かな。

愛おしいとか懐かしいとか、こういう言葉で詠《うた》われる詩をいい詩だと思っていたけど、それがどうしようもなく青臭いものだったってことを、私は三十過ぎてやっと分かった。あんたのパパがどういう人だか見えるようになってからね。鄭芝溶や辛夕汀の詩を暗唱していたのは、ただ気取っていただけ。人生っていうのが分かってなかったんだから、詩だって分かるはずがなかったのよ。甘ったるい言葉に心底メロメロになってたんだから。

ビンに胸を焦がし、はしゃいでいたのも、それなりの乙女心だったかもしれない。いや、乙女心なんてものではなく、ただの無知、盲目の恋に落ちてたってことでしょう。

だけど、その時の気持ちは、本物だったと思う。本気だったからこそ、人生を賭けられたのよ。世間知らずの若かった頃のことを、今さら否定しようたって否定できるものでもないし、その必要もないでしょう。人間はその時その時をただ生きていくだけのようだから。何かにとり憑《つ》かれたように。

私がこんなこと言うと、あんたはまた私に言いたいんでしょう。だから自分のことに口出ししないでって、そうでしょ？　あんたの気持ちはお見通しよ。だからこそ素っ気なく振る舞うあんたに向かって、こうして一生懸命キーボードを叩いているのよ。両手の人差し指の爪を短く切ってまでだよ。何か変ね、人差し指の爪だけ短いと。いっそ全部切っちゃおうかな。

あんたのパパの話を始めると、どうしても、とろーんとした気持ちになってしまう。頭を壁にゴンゴンぶつけたくなるくらい後悔しているくせに、もし、その頃に戻ることがあるとしたら、またあいつに溺れちゃう気がするんだもの。その頃のことは何もかも忘れてしまいたい。そう思いながらも大切に抱きしめている自分がいる。これはどうしてかしら。私のこと笑っていいわよ。あんただけは、しっかりすることね。

まぁ、続けて愛おしきあの頃バージョンでいくけど。私を虜にしたのが何だったかというと、恐怖のバイブレーション。

あんたのパパの歌、あんたは聴いたことないと思う。あんたが三つか四つの時からは、私の前では一切歌わなくなったから。

歌のレパートリーの中に「私たちの物語」というのがあって、これが最高だった。〈微笑むつぶらな瞳／黒髪の／恥じらう笑みが……〉なんていう歌詞の歌だった。あんたは知らないでしょうが、*6尹亨柱《ユンヒョンジュ》というフォーク歌手がいたの。美声だし、俳優顔負けのイケメンだったから女性にすごい人気があった。でも、その頃はもう人気が下降気味の時期で、みんなは彼の歌をあまり歌わなくなってた。でも、ビン（そうね、あんたのパパはやめて、ビンでいきましょう）は、それを十八番《おはこ》にしてた。

　それはもう、尹亨柱顔負け。ユンは声はきれいだったけど、バイブレーションは大したもんじゃなかった。バイブレーションは音節の最後に音を震わせながら伸ばすのが普通でしょう？　だけどビンは違ってた。いきなりのっけからだもの。声が出る前から喉を震わせていたんだから。

　口を開ける前から震え始め、最後までずっとバイブレーションを効かせる。ずっと。それを聞いていると、魂が麻痺して、何かに憑かれたように、体がぶるぶる震えてくる。それはもう、お手上げ。参りましたって感じ。すごくセクシーだったのよ。

あんたは、私が変わり者だからって言いたいんでしょう？　とんでもない。橋を渡ったところの布団屋のミヨン（キョンテのママのことよ）は、痺《しび》れて漏らしたくらいなんだから。本当の話。私はそこまでではなかったけどね。

〈ライラックの香り漂う／校庭で僕たちは出会った〉この歌を、彼の家の近くの小高い丘で私にだけ歌ってくれた時は、もうヤラレタと思った。この人が私を選んでくれるなら、自分の身の油を搾ってでも、この人の道を照らしてあげたい、なんて気持ちになったの。

どうしてそんな恐ろしくも健気なことを思ったのか分からないけど、そんな気持ちになれた。瞬間的に。

それなのに、一方では猜疑心と嫉妬心が湧いてくるのよね。この人は私ではなく、誰か校庭で出会ったという、そのつぶらな瞳に黒髪の、恥じらいの笑みを見せる女子大生に惚れているのではないだろうかって。大学に行けなかった自分に嫌気が差したわ。

村でたった一人の大学生だったのよ、あんたのパパ、ビンは。彼が週末や夏休みなどに故郷に帰ってくると、それが村のニュースになったんだから。大学生が休みの時に故郷に帰るくらいのことよ。なのに、村の人たちは、ビンが帰ってきたんだって、なんて噂してた。彼が路地を曲がっていく姿を、窓越しに眺めてたりしたんだから。

外で彼に会うと、女の子たちは王子様のお出ましにでも出会ったかのように、うつむいてそそくさと道をあけてた。彼の家のことはめったに口にしなかったお祖父ちゃんでさえ、ビンが帰ってきたそうだ、と言うくらいだったの。

歌い終わって、ビンが私に言ったの。「君のせいで眠れない」って。人目のないところに彼と二人きりでいるってことも忘れて、素敵なバイブレーションの歌が終わったばかりということも忘れて（その歌がセレナーデだったはずなのに）、ふと、私、何か悪いことをしたのかしらと思った。私のせいで眠れないって言うんだもの。舞い上がってる時って、そんなもんよ。

ボーッと座っている私の手をビンがそっと握ったの。急に体中に電気が点いた。

百ワットの電球百個にいっぺんに電気が点いてしまうのよ。「君のせいで眠れない」っていう言葉の意味がパパパッと分かっちゃって、もう狂いそうだった。キスまではしなかったけど（しても良かったのに）、手を握られただけで、シャム双生児みたいに、彼の血と私の血が一気に混じり合うような気がした。

これが始まりだった。気持ちを確かめる必要なんて、まったくなかった。二つの赤く溶けた鉄の塊と塊がピタッとくっついてしまったわけだから。そうして、それが幸せに向かって一直線だったかというと、そんなもんは愛とは言わないでしょうよ。愛に犠牲は付きものだっていうじゃない？　始まると同時に苦痛を伴うのが愛なんだって。アーア、溜息が出る。甘ずっぱく霞むあの頃かな……。

「名前、歌、大学生……それが全部なの？」

ユナのお父さんにママが惚れこんだ理由って、それだけ？　ミル姉さんは息を切らしながら聞いた。石段がやけに多い。寺町の路地は長くて急で、蛇のようにくねくねしていて狭かった。

「正覚寺下駅から上ってくる道があったはずなのに、こっちに来るんじゃなかった」

あたしが言った。

「登山だと思えばいいのよ。たまにはこういうふうに息を切らし、ドキドキすることもあったほうがいいの」

柿田商事を訪ねていくところだった。自転車もベビーカーも通れそうにない道。革の工場なら、せめて二トントラックくらいは出入りできなくちゃ、と思ってしまう。

「タクシーに乗れば良かったね」

「じゃ、戻る？　後悔はもう少し早めにするもんよ。もう半分以上来ちゃったんだから、遅いっつうの。ユナのママの話を続けてよ。理由はそれだけ？」

「だって、そう言われたんだもの。他に何か？」

「顔はどうだった？」

ミル姉さんがニコッと笑った。イケメンだと言ったら、この人、すぐに韓国へ飛んでいきそうな顔してる。

「子供の目で見るのと、ママの目で見るのは違うでしょう？　あたしには、ただのいいパパだった。本当のパパじゃないってことを知るまでのことだけど」

「二十一の目で見たら？」

「知らない。あたしは顔なんかどうでもいいの。なぜそんなことを考えなきゃいけないの？　名前、歌、大学生。それだけで十分だと思わない？　その年頃なら」

「そうそう。私も、男女共学に行きたかったけど、結局、京都の女子大を選んだ。理由はキャンパスの桜並木が素敵だったから。若い頃って、そういうのが大事だったりするんだよね」

「レベルに合わせたんじゃないの？」

「何言っているの。四月に一度そこに行ってみな。考えが変わるから」

うっそー。あたしは鼻で笑った。この前は韓国の大学生だったのが、今日は京都の女子大生だと言うんだもの。

「姉さんのことは、どうもよく分かんない」

「男女共学に行ってたら、今頃は医学部や法学部の学生にモテまくってたと思うよ。後悔先に立たずってことだけどね」

「自分が医者か弁護士になれば良かったじゃない。スペインへはどちらの大学生の時にいらしたのですか。チャ・ミルさん？」

「本当に、この辺の人たちは、墓地に住んでるみたい。住宅半分、お墓が半分だもの」

また例のおとぼけだ。いつも日本に初めて来たような言い方をするミル姉さん。東京の調理師専門学校で初めて会った時、あたしは彼女が日本人だと思った。日本のことは何でも知っていた。かと思うと、日本人はどうして、何でも「すみません」で片付けるのかしら、みたいな言い方をした。平熱が三十八度はあるかのように熱っぽく、ちょこまか動き回り、変に意固地で、自信過剰なところがあって、どうも信用できない。

お墓は本当に多かった。坂の上には、生きている人より死んでいる人の方が多い。彼女が、日本人よりも日本語が達者で、韓国人より韓国語が上手なことを知って、聞いたことがある。日本に来てどのくらい？　って。うん、と、しばらく間をおいてから彼女は、ずっと前に来たと答えた。ずっと前って、いつ？　とあたしが聞き、ずっと前、と彼女が繰り返し答えた。そのあと、あたしは何も聞かなかった。その代わり、ミル姉さんの話を信用しないことにした。三歩ぐらいの距離をおいて聞くことにしていた。

そんな彼女が、あたしが長崎へ行くと言うと、すぐに自分も付いていくと言ったのだ。

「ミル姉さんがどうして？」

「うん、私も実は長崎に行ってみたかった。迷惑はかけないから」

「あたしは用があってそこに行くのよ。お金を稼ぐには東京の方がいいんじゃないの？」

「稼ぐのは、どこだっていいじゃない。ユナに迷惑はかけないわよ。ユナこそ、私に世話焼かせないで。一緒には住まないし、近くにも住まない」

そう言って、さっさと支度を始めた。一緒にパパを探す実の姉のように。

調理師専門学校を卒業する時、ミル姉さんは卒業試験の作品として、茶巾寿司を作った。あたしは牛ヒレ肉の寿司を出した。

茶巾寿司は、魚の種類や技術に関係なく、普通の家庭でも簡単に作れるものだ。平凡で一般的な料理ほど、目を引くものにするのは難しい。そこを狙って、いい点を取ろうとするミル姉さんならではの心憎い作戦だった。総合点、九・七。トップだった。

担当の講師はあたしに、牛ヒレ肉の寿司を薦めた。韓国的でもあるでしょう？と言った。柚子の香りが強すぎたとの理由で、八・六だった。ちょっと惜しいけど不満はない。

その日、寿司桶いっぱいに残った寿司飯とネタを、ミル姉さんのアパートに持ち帰って始末することにした。お前たちには悪かったね。でも今日だけは仕方なかったのよ。これから美味しく食べてあげるからね。脂ののった美味しい部分を切り取られ、細切れになってしまった寿司のネタを口に入れながら、ミル姉さんはボソボソ言った。

　悪いと言いながら食べてしまうなんて、どういうこと？　ボソボソ言っているミル姉さんの様子が、最高点を取った人の傲慢さに思えた。悪い、悪いと言いながらも、結局ミル姉さんは、コハダとかトリ貝とかサヨリとかには見向きもしなかった。あたしは、自分の残した食材を片付けるのに精一杯。タラの芽、カイワレ大根、アスパラ、山芋。

　アアッ！　急にミル姉さんが悲鳴をあげた。突然ナイフでも突きつけられたみたいに。びっくりした。バッカだね、私たち。こういう時は酒よ、酒。ミル姉さんが大声で言った。偉そうにのっかってるだけで役立たずなんだから、この頭は。コツンコツンと自分の頭を叩きながらガバッと立ちあがった。ねえ、何でも言って。何がいい？　ワイン？　日本酒？　ブランデー？　バランタインの十八年ものもあるわよ。

「日本酒？」

「料理に使ってたやつ、それもお酒でしょ？」

ミル姉さんは忙しなく冷蔵庫や食器棚のドアを開けたり閉めたりした。

「料理酒以外は全部」

「オーケー」

ミル姉さんはカチャカチャ音を立てながらワイングラスを洗った。

初めは、ワイン。白、赤、全部飲み干した。そのグラスに今度はコニャック、バランタインを注いで飲んだ。お腹いっぱいになるまで飲んだ。

酔ったミル姉さんは、スペイン旅行の話をしだした。実はさ、スペインの男をナンパして一緒に旅して回るつもりだったのよ。なのにさ、スーツケースがなくなっちゃうんだもの……。

「あたしはスペインの男は嫌い」

お腹いっぱいお酒を飲んだというのに、あたしは酔わなかった。お寿司を食べすぎたせい？　舌先にピリッとくるバランタインをチビチビ飲み続けた。

「やぼったいし、スケベっぽいんだもの、スペインの男って」

「付き合ったこともないくせに、この子は……」ミル姉さんが言った。私はとにかく、イギリスに行けばイギリスの男がいいし、イタリアに行けばイタリアの男がいい。

「男なら誰でも、ってことでしょう?」

「そうかも」

「日本の男は?」

「悪くない」

「中年のおっさんは?」

「それなりに」

「それなりに?」

「ユナとは話にならない。あなたに男が分かる? セックスが分かる?」

「じゃ、姉さんは全部知っているの」

「ユナよりはましよ」

「知識が豊富で、よろしいこと」

「どうしたの? ふてくされてるみたい」

あたしは答えなかった。グラスに残っていたバランタインをクイッと飲み干した。しばらく沈黙が流れた。そしてまた、二人はお酒を飲み始めた。

朝、目が覚めると、あたしはミル姉さんの胸に抱かれていた。髪の毛は二人ともクシャクシャ。ブラウスはしわくちゃで、胸元のボタンも外れていた。いつ寝入ってしまったのか分からない。ミル姉さんはあたしを抱いているというより、あたしの上に乗っかっていた。

これ、どけて。あたしはミル姉さんの足を床に振り落とした。もう調理師専門学校は卒業している。これからどうしよう、そんなことを考えていると、ミル姉さんがぼんやりと目を開けた。とろんとした目付きをしていたが、瞳は黒く深かった。

「ユナ」

口臭が鼻をついた、あたしを抱いた腕を離さずにミル姉さんが呼んだ。

あたしはミル姉さんの目をまっすぐ見つめて言った。

「……何にも言わないで」

あれは、墓碑じゃないわね。ミル姉さんが路地の端を指差した。四角い石碑が立っていた。「亀山社中の跡《かめやましゃちゅう》」ミル姉さんが石碑をぐるりと見て回った。

昔もこんな辺鄙《へんぴ》なところに会社があったのね。何？　坂本龍馬の商社があったの？　ここに？　ありゃー。

坂本龍馬の商社？　あたしは知らなかった。

日本初の商社なんだって。ここに書いてある。その人、メッチャ有名な人なのよ。ユナ、まだ彼を知らないの？　長崎に来てけっこう経つんでしょ？　あちこちに写真あるじゃない。腰に刀を差して傾いて立っている、みすぼらしくて貧弱そうな男。

侍じゃなかったの？　あたしも何度か見たことはあった。

その昔は、着物が侍の普通の格好というか、正装になっていたらしいのよ。猫も杓子も刀差してさ。だって、あの写真、おかしいと思わない？　政治的にも経済的にも大きな力を持ってた人物だっていうのに、あの写真じゃ、何かご飯もろくに食べてないような栄養失調の、貧乏侍みたいでしょう？　あのしわくちゃでよれよれの袴を見て。百五十年経った今も、あの貧乏臭い倹《つま》しさってやつは直ってないんだから日本は……。日本のことは何でも知っているくせに、さっぱり理解できないような言い方をするミル姉さんのいつもの癖だ。

由緒あるところなのね、ここ。あたしが言った。日本初の商社があったところなら、こんな坂の上でも革の工場一つくらい、あったっておかしくないでしょう。

「私はおかしいなんて言ってないわよ。おかしいのは、ユナのパパのこと。どうして、ユナやユナのママを捨ててここに逃げ込んだかってこと」

「逃げた？　誰がそんなこと言った？」

捨てた？　と聞きそうになって、慌てて言葉を変えた。

「じゃ、亡命なの？」

「もう少し真面目に言ってくれてもいいでしょ？　あたしが誰を探してるんだか知っているくせに」

「ユナのパパが二人いるから、こんがらかっちゃうの。だから、どっちがパパで、どっちがお父さんなのか分かんないわけ」

また、とぼける。

ところでユナ。柿田商事って、どうやって知ったの？　ミル姉さんが聞いた。

「社名が同じだから。祖父がやっていた革工場も柿田商事だった」

「へぇ！　じゃあ、ユナのお祖父さんの工場で働いていたパパが、日本に渡ってきて、同じ社名を使ってるってこと？　じゃ、婿入り先の工場を受け継いだってのは、どういうこと？」

そうね……、違う社名でやっているかもしれない。そこまで考えたことはなかった。ソウル明洞《ミョンドン》の、あるブティックで柿田商事の兎革ジャケットを見つけたのは二年前だった。

祖父の革工場は、八年前に看板を下ろしていた。八年前の製品が明洞で売られているとは考えられない。メイド・イン・ジャパン。なるほど、社名は同じだが、別の会社の製品だった。

なぜ、その名も珍しい柿田なんだろう。しかも、革を扱う同業者なのだ。そうあることではない。これは何かあるにちがいない。

この製品はどこから仕入れるんですか。翌日、再びそのブティックに出かけ、オーナーに聞いてみた。担ぎ屋から、という返事をやっと聞き出した。だから少し安いのよ。でも品物は間違いないから。相当のやり手だから、あの人たち。

オーナーは、鉄パイプを輪切りにしたようなごつい指輪をした女だった。買う気もない客に、ああだこうだ聞かれるのって、うっとうしいのよね、分かるでしょ？　みたいな顔をしていた。柿田商事の製品は、他にもいくつかあった。

工場は長崎にあるんだって。担ぎ屋たちがそこへ行って、いいものを直接仕入れてくるのよ。近いでしょ？　船で行き来するから運賃も安いし。もういい？

用が済んだら帰ってくれる？　みたいな言い方だった。あたしは財布からお金を出し、まけてとも言わずに定価どおりを現金で払い、ジャケットを買った。女はパッと表情を変えた。

担ぎ屋さんに、その工場の住所を聞いていただけませんか。あたしなら、半値で卸してあげますよ。騙されたと思って一度任せてみてください。とんでもない提案だったが、数日後再び会ったオーナーは、あたしを同業者扱いしていた。
兎革ジャケットと工場の住所が書かれたメモを、部屋の床に並べて眺めた。長崎の柿田商事の革ジャケット。何か語りかけてくるような気がした。いや、語りかけてくれることをあたしが望んでいた。懐かしさや恨みの入り混じった何か、とにかく何かを。

あいつ、逃げたんだ。それっきり何の音沙汰もないんだから。お祖母さんの歪んだ唇が思い浮かんだ。そのそばで、おおげさに頷いていた叔母の姿も。

一つだけ、確かめてから決めてもいいですか。あたしはアパートから一番近い日本語教室へ行き、インターネットで柿田商事を検索してほしいと頼んだ。
韓国語のできる方をお願いします。さっそく柿田商事の番号に電話をかけ、唐突に言った。すると、しばらくして、男の人が「ヨボセヨ」と電話に出た。チョン……ミンテさん？　相手の返事を聞く前に、あたしは受話器を落としてしまった。今すぐ受講手続きをします。日本語、習います。教室の事務員があたしをじろっと見た。

調理師専門学校を卒業した日、あたしは結局めちゃめちゃに酔っぱらった。チビチビ飲んでいたバランタインのボトルも空けてしまった。ワインとブランデーとウィスキーがごちゃ混ぜになって、胃袋から溢れそうだった。喉に逆流しそうなのをグッとこらえた。グッと。

男の人をロマンチックな目で見るのは、ミル姉さんがまだ未熟《ミスク》だから。美淑《ミスク》？　ミル姉さんがオウム返しに聞いた。それ、私の姉の名前なんだけど。

茶化さないでよ。喉に逆流してくる何かをゴクンと飲み込んだ。ミル姉さんのロマンは偽物なのよ。バカげてる、むかつく、虫唾《むしず》が走る。

何なのよ、この子は。あたしはミル姉さんの前にぐらっと倒れ込んだ。そして、ついにゲボゲボと吐き出してしまった。お酒ではなく、十六の秋を。

ガソリンスタンドを転々としながら住み込みで働き、安っぽい料理教室に通った。コンビニでバイトをしたり、*7武橋洞《ムギョドン》の居酒屋やパブで働いたりしているうちに、翌年の秋になっていた。

やっと、*8昌信洞《チャンシンドン》に安アパートを借りることができた。日に十時間も働いた。誰もあたしを十六歳とは思わなかった。髪にはきつくパーマをかけ、派手なサンダルを履いた。

あたし、中学生なんです。思わず飛び出した言葉に自分でも驚いた。夜遅く、仕事を終えアパートに帰る道。暗い公園のそばを通っていた時に事は起こった。あたしを襲った二人の男はタバコ臭かったが、大人でないことはすぐに分かった。せいぜいあたしより二つか三つくらい上の男の子たち。

中学生ならもっといいぜ。一人の男の目がギラギラした。このアマ。もう一人の男があたしの頭を殴りつけた。中学生と言ってしまった自分が情けなかった。死ぬ覚悟で飛びかかれば良かった。どうなるにしろ。

一方の男の手がスカートの中に入り、ショーツをわしづかみにした。オッ、いい体してるじゃん、こいつ。足で男の胸を蹴飛ばした。びくともしなかった。紅葉した桜の葉っぱの間から見えるマンションの灯りが、はるか遠くに感じられた。全てが遠のいていき、暗闇が世界を覆ってしまった。

じっとしていないと切るぞ。男がナイフを顔に突きつけた。片方の手はショーツの中をまさぐる。舌をペロンと出し、指先に唾をつけた。ぬるんとしたものが体の中に入った。おい、唾つけるんじゃねえよ。もう一人の男が息遣い荒く言った。

レイプされる、そんなことを考える余裕なんてなかった。恐怖感だけ。あたしは身じろぎ一つできなかった。もうすぐ巨大なトラックがあたしの体の上を通り過ぎるだろう。あたしはスルメみたいにペチャンコになって死ぬのだ。トラックの重みに耐えるには、あたしの体はあまりにも小さく弱い。それを思うと悲しかった。

「ミニ！」

誰かが誰かを呼んでいた。男の声が近くで聞こえた。二人の男の子が、ビクッとしてあたしから離れた。あたしはよろよろと立ちあがった。暗闇の中から中年の男がふっと現れた。

「こんなところで何やっているんだ、ミニ」

彼はあたしを呼んでいた。あたしはもう死んで、ミニという名前で生き返ったのだろうか。

「この子たちは誰なんだ。家へ帰らないで何やっている」

男は状況を把握していないようだった。男があたしに近付き、早口で耳打ちした。お父さんだ。俺は君のお父さんなんだ。男はちゃんと状況を把握していた。

男の子らに逃げ道を作ってやっていたのだ。

「君たち、うちのミニと友達なのかい」

お父さんと名乗る人が男の子たちに聞いた。

いえ、あの、その……。二人は顔を見合わせると、慌てふためいて暗闇の中へ逃げていった。男の機転があたしを救った。

「夜遅く一人で歩くのは危ないよ」

男があたしの手を握って歩いた。仲のいい父娘に見せるため。はるかに遠のいていたマンションの灯りが、無責任な野次馬のように目の前でキラキラしていた。男は時々後ろを振り向いた。

「もっと近くに寄りなさい。どうも奴ら、跡をつけているようだ」

男はあたしに、いくつなんだと聞いた。十六。やっと答えた。魂が抜けていて、あたしはまだ何にも考えられなかった。危ないところだったな。男はあたしの頭を撫でてくれた。

俺にも君くらいの娘がいる。聞いただろう。ミニというんだ。思春期で手を焼いている。どう接すればいいんだか、父親ながら困っているんだ。君はいい子に見えるね。

校内二位という成績を取ったこともあるのに、二十六位まで落ち、お父さんの手を焼かせているミニという子はどんな子だろう。チリチリパーマをかけ、ミニスカートにサンダルを履いた十六歳のあたしが、いい子に見えるって言うのだ。あの不良たちが後ろからつけてきている気がして、あたしは男の脇にぴったりくっついて歩いた。

アパートに帰る途中、男は東大門《トンデムン》マンションの五〇七号棟三〇三に住んでいると言った。建設会社でエンジニアの仕事をしているとも言った。娘と同じ年くらいの子を危機から救った直後だからなのか、男はずっと娘の自慢話や心配事を話した。うちの子はパソコンでゲームばっかりやっている。パソコンを壊してしまいたいくらいだ。成績が落ちるのはあのゲームのせいだ。

「さあ、入りなさい。見張っていてあげる」

アパートの前で男にペコッと頭を下げた。男は振り返って暗闇の中をじっと見た。猫のようなものがサッと暗闇を横切った。何かが動いた方へ男は少し走っていって、また戻ってきた。

「どうも安心できない。こうしよう」

男があたしの手を取って部屋に入った。父娘が並んで帰宅した様子を、猫にも、あの子らにも見せてやる必要があると、男が言った。

それが手だったってわけ？　ミル姉さんが静かに聞いた。

変だとは思ったけど、まだショック状態だったし。ろれつの回らない舌であたしが言った。

　ミル姉さんは黙ってあたしを見つめた。あたしは酔いつぶれて、バランタインの空き瓶の横で大の字になっていた。

　ボーッとしているあたしに男が言ったの。服を脱いで寝なさいって。自分は五分後に帰るからって。そう言いながら、カーディガンを脱がせてくれた。とても優しく慎重に。本当のお父さんのように。五分後に帰るって言ったあいつ、いつ帰ったか分かる？　五十日後よ。涙もないすすり泣きが、思わず喉を震わせた。

　ゆっくりと、慎重にカーディガンを脱がした男が、それをそうっとあたしの両手首に巻いた。ニットだから伸びるでしょ？　丈夫だし。ちくしょう！　本当にあたしが大事にしていたカーディガンだったのに……。

　男の動作があまりにも慎重だったから、あたしはその時も男が何をしようとしているのか気が付かなかった。本当に魂が抜けていたのね。手首を縛り、それを食卓の脚にくくりつけるまで、声を出して助けを呼ぶことさえしなかったんだから。

手首は痛くなかったし、男の動きは慎重で優しかった。まるで赤ん坊の産着でも着替えさせるかのように表情も息遣いも平和で穏やかだった。ゆっくりすぎるくらいの動作。引っ越しをすると、家具をどこに置くか考えるでしょう？　良く考えて一つ置いて、またよーく考えてもう一つ置いて、みたいに。あたしの手首を縛って、それを食卓の脚に縛りつけて、今度は、えーと、どうしよう、枕を置こうか、みたいな。だから、この人はあたしに悪いことはしないと思っていた。目付きも手の動きも。

しばらくそうしていた。それからあたしのスカートとショーツを脱がし、入ってきた。すごくゆっくり。必要な手順や順番は一つ残らず守らなければならないというように。誠実だけど気まじめすぎる公務員みたいな動きに、ウッと吐き気が襲った。

我慢できないくらい。当然よね。両手は縛られ、バンザイの姿勢で食卓の脚に縛られているのに、大きな体が覆いかぶさってお腹を押さえているんだもの。男が動くたびにゲボッゲボッと吐きそうだったけど我慢した。今みたいに必死に。

そしたら突然、とんでもない言葉が口から飛び出たの。

何が？　ミル姉さんがまた低い声で聞いた。

お父さん。

お父さん？

うん。

どの？

そうね。どっちのお父さんだったろう。田舎のお父さんだったのか、村から逃げたっていう本当のお父さんだったのか。……でなければ、娘のような子の上に乗っかっているお父さんだったのか……。

まさか。

そう。それはありえない。田舎のお父さんか、実のお父さんだったと思う。

本当のお父さんを呼んだのよ。

そうね。お父さんに会いたくて、あたしはここにいるんだもの。

翌日、男はあたしに焼き肉をお腹いっぱい食べさせてくれた。エンジ色の靴も買ってくれて、十万ウォンくれた。お金の心配はしなくていい、仕事には行かなくていい、と言った。絶えずあたしの体を触りながら。これから君の人生は俺が責任を持つ、とも言った。

あたしの人生をそんな人間に預けたくはなかったけど、何かのチャンスになるかもしれないと思った。ミニや東大門マンション五〇七号棟の三〇三は真っ赤な嘘だったけど、建設会社のエンジニアだってことは信じても良さそうな気がした。気前良くお金を使ってたから。

だけど男は、あたしの部屋から出ていこうとしなかった。毎日来るわけではなかったけど、来た時は必ず、最初の晩のような方法であたしを求めた。そういうことにも慣れるのか、そのうち吐き気もしなくなった。

五十日後、男は去った。冬になって、あたしの狭い部屋は寒いというのが理由だった。男は光熱費さえ払えない、競馬狂だった。暖かい部屋に住んでる他の女のところへ行ったのかもしれない。冷たい冬の路地で凍え死んでしまえと呪った。

あたしはまたゲボゲボ吐きそうになった。

ミル姉さんがあたしの背中をさすってくれた。

朝、目が覚めると、ミル姉さんがあたしを見ていた。トロンとした眼差しだったが、瞳は黒く深かった。

「ユナ」

口臭が鼻をついた。あたしを抱いた腕を離さずミル姉さんが呼んだ。

あたしはミル姉さんの目をまっすぐ見て言った。

「お願い。……何にも言わないで」

ミル姉さんは黙って頷《うなず》いた。午前十一時を過ぎていた。

「これからどうするつもり？」

しばらくしてあたしが聞いた。

「何を？」

「学校はもう卒業したし」

「ユナはどうする？」

「どうしても……長崎に行かなきゃいけないような気がする」

「長崎?」

「うん」

「私も行く」

すかさずミル姉さんが言った。


ミル姉さんとあたしは柿田商事の前に着いていた。縦書きの黒い文字の看板が見えた。近付けば松脂《まつやに》の匂いがしそうな、作って間もないような看板だった。明洞のブティックで見た社名。祖父の工場に掛かっていたのと同じもの。

住所を教えてもらった時は、それはただの社名かブランド名にすぎなかった。日本の長崎のどこか、どこかにあるはずの。

はるか海を渡ったどこかにあると思っていた場所が目の前にあった。はるか遠いところだった時の漠然とした気持ちと、目の前の現実がぶつかった。足が少しぐらついた。

ソウルの日本語教室から電話をかけた時、リリリーンと鳴ったであろう電話が、今この建物の中にある。工場の外壁は波形のトタン板で、赤茶けた錆《さび》に覆われていた。錆の付き具合が均一で、まるでこげ茶色の塗装のように見えた。家二軒を合わせたくらいの大きさだった。

ヨボセヨ、と韓国語で電話に出た人は、この建物の中にいるはず。出た途端に切れてしまった、ずいぶん前のあの電話を、その人は覚えているだろうか。

胸が苦しくなってきた。心臓や肝臓や肺が小さく黒く硬い石になっていくような感じだった。ヨボセヨと言ったのが男の声で韓国語だったからって、それが「鄭君」とは限らない。なのに、あたしは日本語教室に迷わずその場で登録し、長崎に来るまでまったく疑いもしなかった。

見当違いかもしれない単なる憶測を、信じて疑わなかったこの無謀さは、どこから来たのだろうか。

松板に書かれた黒い文字。それは、大きさから形まで、かつてお祖父ちゃんが使っていた看板そっくりだった。疑う余地はないと確信した瞬間、憶測だけで無謀なまでの行動を取った自分が理解できそうな気がした。あたしは藁《わら》をもつかみたい気持ちになっていたのだ。父恋しさだったのかも。でなければ、恨みつらみ？　どうしてあの看板は、昔の姿そのままで、ここに掛かっているのだろう。祖父の工場の門柱に掛かっていたあの看板。それは、祖国や故郷、朴聖姫を想う気持ち？　それとも、どこかで生きているはずの我が子への想いだろうか。自分の無謀な思い込み。瓜二つの看板。この二つの背後から、それぞれが抱いている恋しさが感じられた。

「行こう」

あたしが言った。二人は同時に歩きだした。ミル姉さんは工場の方へ二、三歩、あたしは反対へ二、三歩。

「ユナ！」

ミル姉さんが呼んだ。あたしはちょっと足を止めたが、また歩きだした。

どこ行くの？　ミル姉さんが聞き、もう帰る、とあたしが答えた。ミル姉さんが駆け寄ってきて、あたしと並んだ。

「どうして帰るのよ」

答えたくなかった。

「確かめたから、もういいの。工場が本当にそこにあるか確かめるって言ったでしょ」

そっけなく答えた。

「だけど……、会わなくていいの？」

「うん、会わなくていい」

「じゃ、いつ会うつもり？」

「知らない」

「知らない？」

うん、知らない。あたしは面倒くさくなった。

「ミル姉さんがどうしてここまでするのか、あたし、分かんない」

「私が何を？」

「ミル姉さんがどうして長崎に来たのか、さっぱり分かんない。ミル姉さんのお父さんを探しているわけじゃないでしょ？　なのに……」

「なのに？」

「今あたしはね、なんか、ミル姉さんのお父さん探しに付き合わされてるような気がする」

「どうして？」

「あたしより熱心だもの。ミル姉さんは、なぜあたしをこの坂の上まで連れてきたの？」

「何それ？　ユナのお父さんを……探しに来てるんじゃない」

「違うんじゃないの？　ミル姉さんも何か探しているんでしょ？　何を探しているの？」

「何よ。ユナったら……」

ミル姉さんはひるんだ。ちょっと言いすぎたみたい。

「子供の頃のかくれんぼの癖、残ってるのかもね……まぁ、好きに想像してよ」

ミル姉さんの口調が意外にしぼんでいた。

思いはヒマラヤほど募《つの》っていたけど、会ってからのことは何にも考えていなかった。お父さんとどう向き合うのか、どんな話をするのか、それからその次は？　何千何万回も心の中で問いかけ続けたことだった。そこから一歩も前に進めなかった。だから、いざ柿田商事の看板を目の前にすると、情けなくも足がすくんでしまったのだ。幼稚な自分の胸のうちを、ミル姉さんに見せたくなかった。

「卒業の日、あたしが酔っぱらって喋ったことで、ミル姉さんの体のどこかが揺れたってこと？　だから、ここに一緒に来てくれた、そうなの？」

「そう……かも」

あたしの言葉にミル姉さんは引っかかった。

「ミル姉さんは、鋼《はがね》の内臓の持ち主でしょ？　いくらお酒を飲んでもビクともしない。なのに揺れた。どこが？　心臓？　肝臓？　肺？」

「心臓、かなー。もしかしたら全部かも」

狭く長い、くねくねした急な階段を見下ろしながら、あたしはクスッと笑った。ミル姉さんも笑った。こげ茶色の波形のトタン板と、松板の看板が頭から離れなかった。

今日だけは柿田商事を忘れよう。ややこしいから。ミル姉さんにも忘れてもらいたい。とぼけよう。

「さっき、ミル姉さんが知りたがってたことなんだけど……田舎のパパの、顔はどうだったかって」

ミル姉さんの目がキラッと光った。あたしはこんなミル姉さんが好き。

「どうだったの？」

「すっごい花美男《コッミナム》」

「花美男って、どういう意味？」

韓国語でも日本語でも、知らないことはないと思ってた彼女にも、未知の領域はあった。

「ミル姉さんのような人が、一目惚れするほど超イケメンってこと」

「ワォ！」

寺町の退屈な路地。墓場のような暗い町。こんなところは好きじゃない。ミル姉さんと一緒じゃなかったら柿田商事なんかとっくに諦め、アパートに戻っていたにちがいない。

10

筒井の小さい背中が見えた。小さな座卓に向かい、何かを書いている。朝。筒井の肩越しに低い灰色の雲が見える。

「雨降ってるんですか」

ソファーに横たわったまま、あたしが聞いた。

「朝には、やんでいました」

振り向きもせず彼が答えた。

「一晩中、降ってたんですか」

「知りません。明け方まで降っていたのは確かだけど」

筒井の部屋だった。二十三歳の男の部屋に寝ころんでいるっていうのに、こんなに何ともないとは。

大きくあくびをし、また目を閉じた。筒井には、暇さえあれば手帳に何かを書き込む癖がある。あたしのことを書いているのではないだろうか。

いつか彼の手帳を覗いたことがあった。ネクストドアの厨房の調理台にあったもの。カードをめくるようにぱらぱらと見た。人の手帳を断りもなく見ること自体既にマナー違反。じっくり読むわけにはいかない。

いくつかの文字の塊が目に入った。何のことかさっぱり分からない。無造作に書かれた単語の羅列。

主語というか、名詞や代名詞、数詞みたいなものが見当たらない。目に入るのは、食べる・着る・美しい・さわやかだ、のような類。そして、ふと・まさか・思いっきり、のような副詞だけがごっちゃ混ぜになっていた。文章と言えるものではなかった。

あたしの乳首について書いているのではないだろうか？　おへそ？　恥毛？　目を閉じて考えた。そんなはずはない。たとえそうだとしても、彼なら、あたしの名前はもちろん、乳首やおへそ、恥毛などの名詞は書かないだろう。黒い、深い、茂っている、などと書くかは知らないけど。構わないと思った。誰の何が黒く深く茂っているというのだ。

筒井はあたしの体を見ていない。彼があたしを裸にしたところで、酔っぱらっていたあたしは分からなかっただろうけど。でも、そんなことはすぐに分かるものなのだ。ボタン一つ外されてないってことくらい。

「あたしはどうしてここにいるんでしょうか」

目をつむったまま聞いた。

「連れていって、と言ったでしょ？」

「どうして？」

「僕だって知りませんよ」

「連れていってと言われたら、連れてくるの？　女の子を？」

「女の子？」

「何て言ったんですか、その時あたしは」

「襲ったりはしないんでしょ？　って……」

「それだけ？」

「うん」

「襲うつもりはないから連れてきた？」

「それは、僕の基準じゃないから。男女というのは、襲ったり襲われたりの関係ではないから」

「筒井さんがあたしに襲いかかるなんて、あたしも思ってませんでした」

このセリフ、もしかしたら失礼？　ふと思ったけど、なにしろ筒井は人とは違う価値観を持っているから、いいか、と思った。

あたしと話をしながらも、筒井は姿勢を崩さなかった。振り向きもしなかった。

彼の後ろ姿を見ながら、自分の部屋に飾ってある黄銅の座仏の向きを変えなきゃと思った。背中が見えるように。カンボジア仏像の馴染みのない微笑よりは、後ろ姿の方が風情あるかも。

男一人の部屋に連れていってと言えたのも、筒井を女性に襲いかかるような動物として見ていなかったからだろう。これって失礼？　それとも尊敬？

彼の後ろ姿はしゃんとしているかに見えてどこか弱々しく、毅然としているかに見えてどこか頼りなげに見えた。引き締まっているけれど、どうしても気になる貧弱な肩や背中。

小さな盆石《ぼんせき》のようだ。長い年月に耐えて硬くはなっているものの、耐えてきた苦労の模様を隠しきれない自然の石。二十三歳にしては老けて見えるのではないだろうか。

「お客さんに、朝ご飯は出るんでしょう?」

ソファーから起き上がりながら聞いた。肩からボキボキ音がするほど背伸びをした。

「カップラーメン」

筒井が立ち上がりながら答えた。

「長崎一の料理人が、カップラーメン?」

彼の座っていたところを見た。

「うちでは、料理人ではなく怠け者の筒井です」

座布団に彼のお尻の跡がくっきりと残っていた。あれれ。小さすぎる。

「じゃ、怠け者のカップラーメン。お味見しましょうか」

座布団ではなかった。紐を束ねたもの？　布切れで編んだもの？　かなり丹念に作られたものに見えた。

「長崎一の料理人に言わせますとね」

ガスコンロに向かいながら筒井が言った。

「バランタインの酔いざましには、カップラーメンが一番です」

「結局、バランタインは、あたしが飲んだんですね。そうでしょう？」

「グイグイ飲んでいましたよ」

「バランタインに、あたし、ジンクスあるみたい」

「男の部屋に連れていって、みたいな？」

この人、けっこう可愛いところあるじゃん。

「誰がそのバランタイン、開けたんですか」

「支配人」

「大岡さんが？」

「渋るのをユナさんがむりやり開けさせたんです」

その時既に、あたしはかなり酔っぱらっていたんだ。

「明日仕事あるからって、止めてくれれば良かったのに」

「今日は、第三日曜日。ネクストドアの定休日じゃないですか」

筒井がヤカンに水を入れ、ガスコンロに掛けた。

「ねえ、筒井さん」

「うん？」

「大岡さんのことですけど、あの人って……」

「何？」

「筒井さんだから聞くんですけど……」

「どうぞ」

「もしかして、あたしのことが好きだとか、そんなことは……？」

いったいどうして、あたしの写真なんか持ち歩くんだろう。佐藤淑江に見られたりして。筒井がパッと振り向いた。真面目くさった顔。可愛らしいところなど、みじんもない。

いち、に、さん。あたしは心の中で数えた。

「ブブー。タイムオーバー。答える必要はありませーん」

「もしかして、ユナさんが……」

チョンマネ、マンマネ、とんでもねーです。韓国語を混ぜて言って、話を逸らした。

「あそこのあれ、あの座布団……、座布団ですよね」

筒井が顔を横に振った。

「じゃ、何?」

「分かりません」

「分からない?」

「うん。分かんない」

ヤカンのお湯が沸騰した。

「ガスコンロの火って意外と強いですね。あれは何ですか」

手当たり次第質問した。棚のカップと並んでいる土で作ったような人形たち。人形と呼ぶには、どれも粗雑な感じのものだった。全て指ほどの大きさ。

「知りません」

「知らない？」

「うん。知らない」

棚には目もやらずに、彼は答えた。

「あのね……、筒井さん」

可愛げのかけらもない彼を、まっすぐ見つめた。

「あたしがここにいるのがお邪魔なら、……帰ります」

「こっちに来て」

彼があたしを引っ張った。居間の横に小さな部屋がくっついていた。畳二枚の部屋。さまざまなガラクタが所狭しと詰め込まれていたが、散らかってはいなかった。それなりに秩序みたいなものが感じられた。

「これ、一体何なんですか？」

「知りません」

「筒井さん！」

本当に、この男《ひと》は。

「知らないんです、本当に。全て名前のないものだから」

「全部？」

「そう」

「そんな？」

「名前のないものばかりを集めたものだから」

「わざわざ？」

「うん」

「どこで、これだけのものを？」

「浅草とか。よく行くんです。たまには、シャンシャ市場とかにも」

「シャンシャ？」

「土産品を売っている台湾の古い町です。中には鶯歌《インガ》の陶器街のものもあるし、北京の瑠璃廠《リューリーチャン》で買ったのもあるし、えーと、ベトナムのホイヤン、インドネシアのバリ島で買ったのもあります。よく現地へ行って求めるんです。大体は国内で手に入れたものなんですけどね。……これ何ですか、と聞いて、店の人も名前が分からないと言うものだけを買うんです。得体の知れないものも。中国の瑠璃廠に行くと、僕をよーく知っている商人が一人いましてね。僕が行くと、彼は何でもかんでも名前を知らないと言うんです。そう言って売りつけるんです。その店にはもう行きません。……あれはソウルの仁寺洞《インサドン》で買ったんですけど、何だか分かりますか」

筒井が小さな円盤形の青銅製品を指差した。木の葉模様で縁取りされた円の中で、馬のようなロバのような動物が頭を反らしていた。温泉まんじゅうぐらいの大きさ。[*9]馬牌《まぺ》ではなかった。

「知りません」

「ほらね。ユナさんも知らないんでしょ？　僕も知りません。だから知らないと答えただけ」

気持ちが少し和んだ。名前を知らないものが、びっくりするほど多かった。この世に名前のないものがこんなに多いとは。

「カップラーメン、食べましょう」

筒井が言った。ヤカンがけたたましい音を立てて湯気を噴き出していた。彼の手帳のタイトルが思い浮かんだ――全ての名の無きもののために――気分は既に、ソファーから起き上がり背伸びをしていた時に戻っていた。

カップラーメンを食べた。

熱くてフウフウ言いながら。すする音が大きすぎるのではと、時々動きを止めたりした。一度はあたしが、一度は筒井が。

カップラーメンを食べ終わると、筒井が紅茶を入れてくれた。

「香りが高級ですね」

香りが高級？　上品な香りと言った方が良かったかな。

「いい香りですよね」筒井が言った。

「この紅茶も、名前、ないんですか」

「あります。正確な名前とは言えないけど、フォートナム・アンド・メイスン・ティーと言います」

「長い」

「フォートナム・アンド・メイスンは、紅茶だけじゃなくて、いろんな食材を売っているんですけど、そこで作るものは、何でもフォートナム・アンド・メイスンという名が付くんです」

「行ったんですか」

「行ったことはないけど、オランジェリーというところで、アフタヌーン・ティーで飲んで、気に入ったから買いました。だから、オランジェリーで買ったものです」

「日本？」

「いいえ、イギリス。ケンジントン・ガーデンズの中の、ガラスの温室を改造して作ったティー・ルーム」

「今度はイギリス？　中国、台湾、ベトナム、インドネシア、韓国……。いつそんなにいろんな国へ行ったんですか」

「行きたくなれば、いつでも行きますね」

「レストランはどうするんです？」

「ちょっと行ってきますと言って帰ってくると、新しいシェフがいるんです。仕方ないことですけどね。僕が帰ってくるまでレストランを閉めるわけにはいかないでしょうから」

「一流の料理人だから？　いつでも、どこでも、すぐ仕事は見つかるから？」

「実力があるって、強いですよね、必要なことでもあるし」

筒井は見かけによらず、なかなかまともなことを言う。もしあたしがそんなふうに旅行に出かけたら？　その先は目に見えてる。

「かなり高いんでしょ？　これ。そうでしょ？」

「一箱、一万五千円」

「エーッ？」

思わず紅茶をすする音をひそめた。せいぜいビタミン剤の小瓶ぐらいの紅茶の容器に目をやる。カップラーメンで腹ごしらえをし、高価な紅茶を飲む。名前のないものでぎっしり詰まった部屋で、覚えきれないほど長い名前の紅茶を飲む。何だかめちゃくちゃ。バランタインの酔いが一気に冷めた。

自他ともに認める一流の料理人。気の向くままに外国を行き来するという筒井。彼は人を寄せ付けないところはあるが、自分の世界にだけ閉じこもっている人ではなかった。この世に名前のないもの、使い物にならないガラクタを拾い集める人をマニアとも言えないし、何て言えばいいんだろう、オタク？

「あれは？」

あたしは小さな部屋に興味が湧き、二、三歩近付いて指差して聞いた。

「知りません」

「やっぱり」

象牙製のペーパーナイフのような長いもの、表面にオリーブの葉のような模様が二列並んで彫られている。節電型蛍光管みたいに曲がっている金属管、車かオートバイの付属品？　それとも、女性の子宮の断面？　瓦屋根の軒を飾る円形の軒丸瓦《のきまるがわら》のような土器、お煎餅のようで瓦のようだが、文様はない。動物の歯なのか人間の骨なのか、こまごました石灰質の破片は、何だか薄汚く、土のようなものがこびりついていた。筆先のような形をしていて、木のしゃもじみたいなもの。味噌樽の中で数十年は漬かっていた瓜だろうか。丸く平べったいそれは、ひどい臭いがしそうだ。ガラス製の直六面体。あずき粒ぐらいの紫の鉱物がぎっしり埋め込まれた丸太。古代人の手術道具のような木のナイフ。コの字型の銀細工品……。

どれも、生活の中で誰かが長いこと使ってきたと見えるものたち。その年月はもちろん、それを使っていた人のぬくもりや息遣いさえ感じ取れそうなものばかりだった。大事に使われていた時は名前があったはず。生活が変わり、捨てられ、忘れられ、名前さえなくなってしまったものたち。存在しているけれど、名前はないものたち。名前がなくても、厳然と存在するものたち。

「あれはチベットの農婦からもらった物です」

筒井が指差す方に目を向けた。チベットまで?

「チベットの牛、ほら、ヤクって、いますよね。そのヤクの背中に鞍を乗せるんですけど、その鞍を固定させる締め具です。高山地帯の風と寒さで大きくなれずに、節くれだった木を切り取って作ったものです。金属よりも堅そうに見えるでしょう？　数十年は使い込まれたような。木材は使えば使うほど堅くなるっていうから不思議ですよね。あれが鞍の両端についていて……」

紐でつなぐんです。こんなふうに。鞍が動かないようにヤクのお腹の下で。筒井は指先で自分の左の脇腹から右の脇腹にかけて線を描いてみせた。

何でそれが欲しくなったのだろう。「何ていう名前ですか」と聞いたら、農家のお婆さんはただ笑うだけでした。チベットの人たちの笑顔がどんなものなのか、ユナさんも見てたらな……。とにかく、ただ笑ってばかりいるお婆さんが、どんなにありがたかったたか。何ていう名前か分からない、という意味に受け取りました。勝手に。日本語で言ったもんだから、ただ単に言葉が通じなかっただけかも知れないけど。でも僕は、これは名前のない物だと決めつけたんです。欲しくてたまりませんでした。

病気でしょ？　かなり重症ですよね？

あたしはただ笑った。チベットのお婆さんの笑顔を想像しながら。

「それ、いただけませんか」と、言いました。お金を出しますから、とは言えなかった。お金を出せば何でもできるという態度は、チベットの人を侮辱するように思えましたから。チベットに行くと、自然とそうなるんです。だから、被っていた帽子を差し上げます、と言いました。つばの広い格好いい帽子だったんです。そのお婆さん、また、ただ笑ってばかり。いいよと言っているようでもあるし、あんたが欲しいというなら仕方ないね、と言っているようでもあった。彼らの笑顔は天真爛漫そのものですからね。

そんな身勝手なことを言って、それを手に入れました。帽子を受け取ってくれたのはせめてもの救いでしたけど。そんなふうに物を手に入れることって、自分でも問題あるとは思うんです。でも、どうしても欲しくなる。そう、病気なんですよね。まぁ、よくあることではないんですけど。そんなふうに手に入れることは。ここにある物のほとんどが、だから、所属不明なんです。

「所属？」

所属が違っていたのよ、と書いてあった母さんのメールが思い浮かんだ。

「用途みたいなものです。誰が何に使うために作った物なのか、さっぱり分からないってことです。長い年月が経つにつれ、物と使う人との関係が薄れていき、ついには関係がなくなる。そして、ひとり取り残されたものたちですから。ひとりになると名前もなくなってしまうんです」

「存在だけが残って？」

「寂しいことだけど、存在までなくなるわけではないから」


psheeee‥所属が違っていたのよ。私とあんたのパパは。同じ村に住んでいたけど、混じり合えない家柄だった。なぜかって？　それはまたほら、例の、日本植民地時代か、六・二五戦争のせいよ。太平洋戦争の終戦から十八年、六・二五戦争から十三年後に私は生まれたのよ。だから、そんなものとは何の関係もないはずと思ってた。だけどね、それがそうじゃなかったの。六・二五戦争、植民地時代、もしかしたら、*10丙子胡乱《ピョンジャホラン》、*11壬辰倭乱《イムシンウェラン》だって関係ありそうな気がする。そういう歴史に翻弄されたのよ、私とあんたのパパの恋は。過去の歴史や記憶というものは、ただ流れていく代物ではなく、しぶとく生き残って、私たちの行く手に立ちはだかっているものだった。俺の目の黒いうちは許さない、なんて、よく言うでしょう？　その言葉を私が聞くことになるとはね……。

あたしの所属はどこだろう。何だろう。両親はなぜあたしを生み、なぜあたしは独りここにいるのだろう。断ち切られ、離れ離れになって。それでもまだ忘れられていない名前。

ハン・ユ……。口に出して言いかけて、自分の本当の名前ではないような気がして口をつぐんでしまった。あたしは、ママとパパではなく、ママと鄭君に所属したいのだろうか。あたしが今立っている地が長崎だという事実を、改めてはっきりと感じた。がっくりと力がぬけた。この小さな部屋の、名前のないものたちの方が、むしろ気楽かもしれない。

「あれも名前のない物ですか？」

あたしは窓辺の小さな植木鉢を指差した。花が咲いているのもあれば、萎れているのもある。五十を超えそうな植木鉢。

「病気だって言ったでしょう」

本当に、そう。世にも珍しい病気みたい。

「筒井さん。じゃ、筒井さんの所属はどこ？」と唐突に聞いた。

「僕ですか」と聞き返してから、そっけなく答えた。

「それは、ま、そう、ネクストドアですね」

冷めてしまった紅茶をゆっくりすすり、あたしは唇に残るフォートナム・アンド・メイソンとかいう紅茶の香りを舐めた。

「あの、筒井さん」

水道を出しっぱなしにしてカップをすすいでいた筒井が振り向いた。

「棚にある物なんですけど、ティーカップの横」

あたしは指差した。

「それが何か？」

「どこで手に入れたか知りませんけど、本物だったら、かなり値が張りそうですよ」

「河南省《かなんしょう》洛陽《らくよう》で買ったんです。中国の。地中から掘り出したとか言ってました」

「じゃ、本物かも。中国商人の言葉を信じるなら、ですけど」

「知っているんですか、これを？」

「土偶でしょ？　お墓に埋葬する土人形」

「土偶？」

「本物かは分からないけど、土偶であることは間違いない……と思います」

ふうん。筒井は棚の上の土人形をしみじみと見つめた。土偶か……。落胆したようにも見えた。

一種の迷信だと思うんですけどね、と言いながらあたしは、それが本物なのかどうかが気になった。死んだ人への愛情表現なのでしょうね、来世の幸せを祈る気持ちを込めたものだそうですから。なのに、何で皆うつろな表情をしているんだろう……。そこまではあたしも分からない。

しばらく黙って棚を見つめていた筒井が、キッチンタオルをクルクルと取り、食卓に広げた。その上に四つの土偶を寝かせ、丁寧に包んだ。

「ユナさんにあげます」

あたしに差し出した。

「あたしに？」

「名前を知っている人にあげるんです。ユナさんにだけ特別にあげるのではなく、今までそうしてきたんです。名前を知っている人に譲る、それが僕の流儀です」

人間の子宮の断面のような金属管とか、味噌樽から取り出した瓜でないのは幸いだった。

「本物かもしれないのに」

これで一儲けできると分かったら、返せというのではないだろうか。

「本物だろうが偽物だろうが、名前のあるものに僕は興味ないですから」

「ふーん。なるほど」

あたしは大げさに頷いた。四つの土偶は、お墓に戻るようにあたしのバッグの中に納まった。本物でありますようにという、あたしの祈りとともに。

11

psheee：ロミオとジュリエットも生家は仇同士だったんでしょ？　まったくそれと同じこと。あんた、今また笑ってるでしょ？　本人同士は死ぬほど愛し合っているっていうのに、家同士が憎み合っているから会ってはいけない、っていうのは同じじゃない？　愛し合うカップルはね、どこの誰でもロミオとジュリエットに負けないくらい切実なのよ。自分の恋こそが世界で一番切実で、差し迫ったことなわけ。この話には、あんただって笑えないと思うわ。

ユナ、これ知ってる？　邪魔が入るといっそう会いたくなるってこと。反対が強ければ強いほど二人の愛も強まる。固くなるわけ。もし、パパの実家と私の実家がまあまあのいい関係だったら、あんたのパパの悪い癖に私も気付いたかもしれない。心の余裕があったでしょうから。でも、運命だったのかなあ。とにかく反対が激しいものだから、立ちはだかっているこの壁をどうやって乗り越えるか、私たちはそのことばかりを考えていた。

放っておけば、自然に別れたかもしれない。結局、今こんな結果になったのは、反対していたあんたの二人のお祖父ちゃんの責任もあるわけ。そうでしょ？ 大したことではなかった。お互いに仇同士になったきっかけはね。でも、時代が時代だったから、些細なことが大ごとになってしまった。両方のお祖父ちゃんに直接関わることでもなかったのにね。あんたは会ったことないけど、ママに叔父さんがいたの。ママの父さんの弟だけど、少し学があったらしいのよ。大学に行ってたわけではないけど、左翼の思想に染まっていたらしい。そんなこと誰も知らなかったけど、六・二五戦争が起こった時に、棒を持って人民委員会の後ろを付いて回るから、そこで初めてみんな知ったんだって。

あんたの曽祖父、つまり、あんたのひいお祖父ちゃんが牧師だったことは知っているでしょう？ その家を人民委員会の青年行動隊が襲った時、その叔父さんも青年行動隊の一員として一番後ろに立っていたらしいの、家には入らないで。熱心な隊員ではなかったってことよね。後ろにただ突っ立っているのも何だったんで、家の前の畑のわら束を棒で何となく突っついていたんだって。

それがその家の作男の目に付いたらしいのよ。そのことで後日、叔父さんを激しく責め立てた。それがすごく残酷だったんだって。想像がつくわよね。そんな時代だったんだもの。結局、そのことで叔父さんは耐えきれずに村を離れ、二度と戻ってこなかった。実は、叔父さんは、その牧師に洗礼を受けていて、牧師の失望や怒りは余計に大きかったらしい。裏切られたって思いが相当強かったんでしょう。恐ろしい虎の子を育ててしまったって。左翼のくせに、信者のふりをしていたって言うのよ。神さままで騙して。

叔父さんは膝をひどくやられ、村から逃げ出す時は、まったく歩けなくなっていたんだって。めちゃくちゃ殴られて膝が捩《ね》じれていたっていうのよ。そんな体で、どうやって逃げたのかしら。

牧師は、兄弟だからと、私の父さんまで左翼扱いした。父さんは、弟を半殺しにして村から追い出した牧師を仇と決めた。三十四年という歳月が流れ、その間、牧師も年をとって死んでしまったけど、両家は、結婚なんてできない間柄になってしまったわけよ。孫の代になって、当人同士が死ぬほど愛し合っていてもよ。最初は、私もあんたのパパも、そんな事情なんか知らなかった。反対の理由っていうのが、[*12]「皮職人《カッパチ》」だからって言うんだもの。「皮職人」っていう言葉を聞いた時、私たち二人はゲラゲラ笑った。朝鮮王朝時代じゃあるまいし、「皮職人」が何だっていうの。話にならないと思った。だから、希望を捨てられなかった。

あんたのパパのお祖父さんは牧師だったから、獣を殺し、その皮を剥ぐ仕事を嫌うのは、もっともだと思った。理解できると。理由がその程度のものなら、何が何でも結婚したいという私たちの気持ちも分かってもらえると信じてた。ところが違っていたの。

一体、聖書のどこのくだりに皮職人と結婚してはいけないって書いてあるわけ？　私はふてくされてあんたのパパに突っかかったりしたけど、本当に恨めしかったのは、自分の父さんが一番強く反対したってこと。俺の目の黒いうちは許さん、という言葉を使ったのも父さんだった。

悔しくて、私はあんたのパパじゃなければ誰とも結婚しないし、他の人と結婚しろと言うなら死んでやる、とまで言った。素直で親思いの子だと近所で評判だった私がだよ。本気でそう思っていた。怖いものなんて何もなかった。恋に溺れていたし、その恋は反対にあって鋼のように強くなっていたんだもの。

四年も闘い続けた。つらかったね。時間が経てば、いい加減諦めるだろうと、親は思ってたらしい。母さんが言ってた。あんたみたいな強情っぱりは初めて見るって。そうね。私、正気じゃなかったのよ。あれほどの反対に遭わなければ、私だってあんなに突っ張りはしなかったかも。本当に人生って何なんだろうね。あんたも私の話をよく聞いておくことよ。私の二の舞を演じたくなければね。

叔父のことが原因だってことは後から知った。だからといって、恋が諦められるわけないでしょ？　別れようなんて夢にも思わなかった。いよいよ本物のロミオとジュリエットになったとは思ったけどね。だったらトコトンやってやる、と思った。

人の目を盗んでデートした。だけど田舎って、デートには向かないところでね、喫茶店でも食堂でも、どこ行っても知っている人ばかり。一緒に歩くこともできなかった。せいぜい二百メートル足らずの町屋通りを歩く間、五人ぐらいは顔見知りに会うんだもの。

山で会うか、でなければ、バスに乗って町を抜け出すしかなかった。山で会うといっても、せいぜい小高い丘か近くの沢くらいだから、村のちびっこたちに見つかってしまうのよね。牛に草を食《は》ませたり、草刈りに来ていた子供たちがそろりそろり近づいてきては、クスクス笑ったりするの。追いかけて殴るわけにもいかないしね。

子供も大人も他人の恋には意地悪だと思った。自分たちができないことをやっていると邪魔したがる。会って手を握るくらいの、たったそれだけのデートが、まるでスパイ作戦みたいに大変だったわけ。バスで一時間ぐらい行けば、少しはましなところがあったけど、一緒にバスに乗るところを見たっていう噂がたちまち広がるし、一時間ほど離れてみたところで、田舎は田舎。

まったく知らない人でも、若い男女が一緒に歩いていると、じろじろ見る。やっかみがすごいのね。本当に穴を掘ってでも隠れたいくらいだった。その目付きのいやらしさったら。まるで盛《さか》りのついた犬でも見ているような目付きだったんだから、まったくもう。

娘がそんな噂の的になっているものだから、母さんは、私の顔を見るたびに責めたてた。ある時なんかは、中庭の洗い場で足を洗おうとズボンをまくりあげてたら、台所からいきなり母さんが飛び出してきてね、ものも言わずにふくらはぎをめったやたらに叩きだしたの。本当にその時は、涙が止まらなかったね。箒を逆さに持って叩くものだから、これじゃ足が折れてしまうと思ったもの。バカみたいにおいおい泣きながらも、叩かれるしかなかった。

ふくらはぎが真っ赤に腫れ上がった。それが紫色に変わり、柿染めみたいな茶色になるまで何カ月もかかった。ずっとスカートが穿《は》けなかったね。

あんたのパパが学校の休みで帰ってくるたびにこの騒ぎだった。週末にも帰省したけど、月二回は自分のうちには寄らず、こっそり私に会っただけで上京した。

卒業後はソウルへは一切行かなくなった。地元の農村振興庁の出張所に就職してしまったのよ。もう私を置いてはどこへも行かないって。感動したわ。

ものすごく反対されたけど、負けずに激しく愛し合った。私たちを止められるものは何もなかった。噂されても叩かれても。周りが引き裂こうとすればするほど、私たちは必死にしがみついた。真夜中にでも飛んでいった。抱き合って涙と鼻水でぐちゃぐちゃの顔を彼の胸にうずめ、思いっきり泣くと、私たちこそ本物の世紀の恋をしている気がした。

両家の反対や噂を私たちに対する迫害だと思うと、ローマ時代のキリスト教徒のように強くなれた。この世に、これほどの完璧な共感と相憐れむ気持ちなんてある？　今あんたのパパのことを思うと、うんざりするけど、あの時あの暗闇の中、ぐちゃぐちゃの顔で泣いたことだけは今も胸にジーンとくる。

そんな状況で嫁に行ったものだから、嫁ぎ先で冷たくされるのは当然よね。でも舅《しゅうと》は違ってた。牧師の父親からいろいろ厳しく躾《しつけ》られていたせいか、人との接し方が他の人とはちょっと違っていた。無気力に見えたけど、優しい人だった。

牧師の父親がかなりの財を築いておいたお陰で、たとえ甲斐性なしでも食べることには困らない家ではあったけどね。とにかく当時クラシック音楽の好きなおじさんなんて、そういなかったのよ。それも田舎ではね。ガラガラッと居間の引き戸を開け、中庭越しにあんたのパパの部屋に向かって言うのよ。おい、ビン、KBSのFMつけてみろ、ベルリンフィルの生中継が始まるぞ、ってね。そんな人だった。

ところが、姑と小姑ときたら。あんたも叔母さんの性格は知っているでしょ？　どうしようもなかった。あんたの父親の方の家系は、男ではなく女が実権を握っていたの。男は引っ込んでろって感じ。女同士なんだから理解してくれてもよさそうなのに、何で私にそんなに冷たかったのかしら。

私は、あんたのパパと舅を頼りに生きていけると思ってた。そう信じたかったのよ。でも、私に悲惨な思いをさせるのが、姑でも小姑でも舅でもなく、実はあんたのパパになるとは夢にも思わなかった。こんなんだから運命って分からないっていうのよね。

ああ、今日はこの辺でやめておこう。力が抜けちゃった。

12

「頭の先っちょ、そう、口を自分の方に。こんなふうに。ほら、切った面を下にして立てる。オーケー」

秀雄に鯛の頭を処理させた。ずっと見てきたから分かっているはずなのに、秀雄はまったく自信がなさそう。でもやらせるしかない。開店と同時に客が押し寄せ、あたしは鯛の松皮造りに、筒井は刺身の盛り付けに追われていた。

「六番テーブル、鯛寿司二つ」

木口が調理場近くまで走ってきて叫んだ。

「また鯛？　今日は鯛を何尾仕入れたっけ」

筒井が素早く手を動かしながら聞いた。

あたしの携帯が鳴った。

「十六尾です」

秀雄が答えた。

「包丁を口の中央に垂直に入れて、そう、前に倒しながら押すのよ」

あたしは鯛の切り身の皮目に熱湯をかけながら、秀雄に言った。ほら、こうして湯引きすれば、皮目が松ぼっくりみたいになる。これを松皮造りっていうの、知っているでしょ？　秀雄は鯛の頭を二つに割りながらあたしの手つきを見た。

「ミル姉さん！　今は忙しい。あとで電話する」

肩に挟んだ携帯が落ちそう。

「柿田商事にはいつ行くの？」ミル姉さんが聞いた。

「忙しいってば！　目が回りそうなの」

「忙しいのは知っているけど、あんた、何しに長崎に来たのよ」

人の気持ちなどお構いなしに踏み込んでくるのが彼女の特技。悪い癖だ。

「本当に、もう、目が回るってば！　切るわよ」

「来週の火曜日、どう？」

「いい加減にしないと、あたしもミル姉さんの仕事場に電話して邪魔してやる。やりかえすからね」

「あのね。火曜日に一緒にお昼食べて……」

バチンと音を立てて電話を切り、電源も切ってしまった。一体誰のお父さんなの？

「そこにお湯をかけて。あと流水で血や何かを洗い落とす。きれいにね。潮汁《うしおじる》を作るから」

包丁を初めて握った秀雄はうろたえながらも、信頼され任されたことにすっかり興奮していた。指示されるとおりテキパキ、とまではいかなかったが、懸命に頑張っていた。

「忙しいな、忙しいよー」

歌でも歌うかのように、おしっこを我慢しているかのように、足やお尻を小刻みに震わす筒井。右手の包丁で鯛のえらの下を刺し、太い骨を一気に切った。上機嫌のようだ。

「僕があげた、あの土……」

「土偶」

「どうしました？　家に置いてあるんですか」

「再発掘、まだしてないんです」

「まだバッグの中？」

「うん。まだバッグの中」

「鮭《しゃけ》！」愛子がやってきて叫んだ。

「鮭の何？」

筒井が聞き直し、

「白ワイン蒸し」

愛子がホールの方へ戻りながら答えた。

「白ワイン蒸しか、白ワイン蒸し……」

目が回るぅ。忙しいよぉ。筒井はあたしが言っていた言葉を歌のように口ずさんだ。

「残りは、ヒレをエラに入れて、ラップして冷蔵庫にしまう」

あたしが秀雄に言った。

「鮭の白ワイン蒸し、ヒラメの昆布じめ、一丁上がり！」

筒井がホールに向かって叫び、あたしの方を振り向いた。

「セビーチェ・ソースは、確かユナさん担当だったよね。大至急で一つ」

「まとめて作って置いてはいけないんですか。毎回、その都度その都度作るんですか、それ」秀雄が聞いた。

「作り置き？　とんでもない。あり得ないっ。分かった？」

いつの間にかきつい口調になっている。だって忙しいんだもの。

木口が調理場に駆けてきた。

「今度は何？」筒井が聞いた。

「ヒラメの昆布じめ、あれを盛り付ける時に使うミニ簾《す》の子《こ》、あるでしょ？　それは何で作るのかって、お客さんに聞かれたんですけど」

山芋のサラダを手に持った木口が聞いた。

「皮をはいだ萩の枝。紅紫色の花が咲く萩だって、言ってあげて」

「本当ですか」秀雄が聞いた。

「紅紫の花が咲く萩じゃないと、だめなんですか」

「そう」筒井が答えた。

「どうしてですか」

「萩の花は紅紫色だから」

「どんな萩でも？」

「うん。だいたいな」

「フフッ」あたしが笑った。

店を開けて一時間も経たないうちにホールはお客でいっぱいになった。並んでいた客が一気に入り込んだように。猫の手も借りたいほど忙しかったが、筒井と秀雄、木口、そして愛子とあたし、みんないい気分だった。そよそよと海の風が吹いてくる。

時間が経つにつれてみんなの口数は減っていった。冗談はおろか言葉を交わす余裕もなくなっていた。黙って機械のように素早く動いた。厳粛に真摯に、汗を流しながら。海には夜の帳《とばり》が下り、船の灯りが七色の絵の具のように水面に流れていた。

「嵐が通り過ぎたようだな」

大岡がフウッと溜息をついた。満ち潮のように押し寄せた客が、九時を回ると、引き潮のように去っていった。一緒に片付けをし、何人かは煙草を吸い、疲れた足を休めるため思い思いに椅子に腰かけ、テレビの青い画面をぼんやり見ていた。もう客は一人も入ってこなかった。静かな、不思議な夜だった。

「急に静かになると……」愛子が口を開いた。

「夏祭りの幽霊屋敷みたい」

「う……ら……め……し……やー」木口が幽霊の真似をした。

「ちっとも面白くない」愛子が言った。

「怖くない？」木口が言った。

「怖くもない」筒井も口をはさんだ。

「あれ？　見て。街灯が二つも消えてる！」

秀雄が暗い窓の外を指差した。

「何なのよ、秀雄君」愛子が秀雄を睨みつけた。どうも彼女は怖いらしい。

「ここ出島でね、昔、大勢の人が殺されたんですって？　ポルトガル人やオランダ人、そして日本人も。すっごくたくさん」

あたしが言うと、

「ユナさんまでそんなこと言って……」愛子が恨めしそうに言った。

「ここで死んだんじゃないです。捕まえられて他の場所で殺されたんです。たぶんポルトガル人が一番多かったんじゃないかな。天主さまを信じた日本人も」と、秀雄。

「話題変えて」と、愛子。

「面白い話がある」木口が言った。

「またあの話なんでしょ？　子犬ぐらいのスクーターにペンキをいっぱい積んで、

箱根に行ったって」と、愛子。

「違う」木口が首を振った。

「あのな、木口。どうしてお前は、金にもならないことにそんなに一生懸命なんだ？　筆やペンキ、スプレーの費用だってバカにならないんだろ？　日本中飛び回っているんだから」

レジから戻った大岡も、話の輪に加わった。

「金の話なら、材料代よりも、絵を描くのに投資する時間の方がもっと大きいですよ。そこそこのものを完成するには、まる五日はかかりますからね。もちろん、十分か一時間で片付けられるものもあるけど」

木口は壁に絵を描き歩く、グラフィティ・アーティスト（graffitiartist）だ。落書きのようにすばやく描いて逃げる時もあれば、咎《とが》める人がいなければ一週間以上も壁画描きに熱中するという。

材料費を稼げる仕事なら何でもやり、お金が貯まれば誰はばかることなく壁を探して出かける男。今までにネクストドアを出ていっては戻ることを四回も繰り返したと言う。それを考えると、いつ戻っても彼を受け入れてあげる大岡って、人柄がいいんだろうか。

売ることもできないし、売れもしない。時には描いている最中に追い払われ、ゲリラ作戦さながらの描き方をしなければ、完成すらできないような、そんなことをいつまで続けるつもりなのかと、大岡が聞いたことがあった。

続けられる限りです、と木口は言った。売れるものなら、やってなかったかもしれません。見る人が、いいね、素晴らしいよ、と言ってくれれば、それでいいんです。絵を売るのが目的なら、適当にごまかして、多少は稼ぐこともできるでしょう。元々これは、ごまかしがきかないジャンルだから、描くことだけを考えるんです。そう、絵だけをひたむきに。オレはそれが本物の芸術だと思うんですけど、違いますか。オレは芸術家です。アーティスト。グラフィティ・アーティストの純粋さは誰にも負けませんよ。無欲だから。ただ単に与えるだけで何にも求めない。画壇や画商に認めてもらおうなんて、オレたちは思いません。認められようと思えば、ご機嫌をとらなければならない。囚われることになる。だから、そういうものと離れたところで自由に。そう、アートは自由だから。

アートに力を込めて発音した木口が、面白い話があると切り出した。食堂の中は静かで、レストランの外は街灯が二つも消えている。消音にしてあるテレビの画面は絶えずちらちらしていた。

稚内《わっかない》だったんですけど、海辺に沿って古くて長い、放置された壁があって、かなりいいキャンバスになりそうでした。みんなは、彼の話に耳を傾けるしかなかった。木口は話を続けた。

二日も続けて描いているのに、誰にも咎められないので、しめたと思いました。久しぶりに思いっきり描けるぞ、と、友達と二人で本格的に取りかかったんです。

三日目のことでした。筆がスッと通ったところの壁が崩れたんです。海辺の砂が混ざっているからだろうと思いました。海辺の砂を使ったセメントは脆《もろ》いですから。とにかく、またスーッとひびが入ったかと思うと、そこから砂が崩れ落ちるんです。指先でそっと触ってみたら、それがどうも、一定の方向性を持って崩れているようで、それ自体が絵のような気がしました。

脚立《きゃたつ》から降り、十歩ほど後ずさりしました。輪郭をつかみたくて。人の姿でした。それも、ものすごくスタイルのいい女性。変だと思って再び脚立を上ってみると……。

「上ってみると?」

大岡が聞いた。崩れた壁の隙間から何かが見えたんです。「何が?」大岡が続けて聞いた。「骨……」「骨?」

「はい、人骨。危うく脚立から落ちるところでした。お墓だったんですね。人がその壁の中にいました。八頭身の美女が。女性がその壁に葬られていたってことです」

「面白く……ない」

愛子が言った。

「どう考えてもですね」愛子の話に構わず、木口は話を続けた。

人の亡骸《なきがら》が埋まっていた砂浜の砂を、間違って壁の材料に使ったとは思えなかったんです。そんなこと、できっこないでしょ? 八頭身にもなる女性なんですから。

　それはどうも、誰かが死体を完璧に遺棄するために、わざと、そこの壁に埋めたとしか考えられなかったんです。警察に通報しようかと思ったのですが、女性の体があまりにも均整のとれた完璧なスタイルだったので、それをそのままなぞって描いてみることにしました。肌を描き、服を着せました。もちろん、腕やふくらはぎはしっとりした乳白色に塗って。

　店の外は、しとしとと雨が降っていた。だから余計に暗かった。木口はますます目を輝かせながら話を続けた。

　これまでオレが描いた絵の中で最高の作品でした。前もって用意していた下書きは鞄の中に放り込みました。完成まで三日ぐらいかかり、作業が終わったのは、とても麗らかな日の、午後二時頃でした。

　友達とオレは、自分たちが描いた絵を惚れ惚れしながら眺めました。オレたちだけで見るなんて、本当にもったいなかった。ちょうどその時、通りかかった人がその絵を見て、素晴らしいですね、と言ってくれたんです。海を見ている女性の姿なのに海が女性を見ているようですね、って。

オレたちが待っているのは、まさにこういう人たちです。より優れた審美眼の持ち主。その時の気持ちは、そうですね、エクスタシーやオーガズムを超えて、菩薩にでもなったような気分ですよ。何と言うか、オレたちのやったことが、衆《しゅ》生《じょう》に無限の喜びを与えたという確かな手応えみたいな。オレたちが本当にやりたいことって、そういうことですから。

いったいどんな人がそんなことを？　と思って振り向いたんです。女性でした。なんと、壁画とまったく同じ人。完璧な同一人物がそこにいたんです。顔立ち、帽子、腕、脚、サンダルはもちろん、微笑み、深みのある瞳、歯や歯茎の色まで。

友達とオレはピタッと、その場に凍りつきました。女性は半透明の青いシフォンのスカーフをなびかせながら海に向かって遠ざかっていきました。オレたちに手をひらひら振りながら。こんなふうに、ひらひら。信じられます？

「うっそ！」

愛子が木口の話をさえぎった。

「愛子さんは、また疑う」

木口は、そうくると思ってた、という表情で愛子を見た。ひらひら振っていた手を下ろしながら。

「ばっさり何かで切られたみたいに客が途絶えたな」

暗い窓の外を見ながら大岡が言った。

「木口さんは、その話を信じてほしいんでしょうけど、私は信じてほしくない話をします」

「今度は愛子さんの番？」と秀雄が言った。あたしは秀雄と目を合わせ、頷いてみせた。

「私が住んでいた回族の村は、女性一人では外出できないんです」

「今でもそんなところがあるの？　中国だよね？」大岡が割り込んだ。

「中国では、儒教も仏教もキリスト教も、信者は多くないんです。信者数が一番多いのはイスラム教なんですけど、あまり知られてないんですよね」秀雄だった。

愛子はしばらく黙っていたが、みんなの表情を窺いながら話を続けた。

「女性が外出するには、必ず、父親か兄弟か、誰か家族の男性を同行しなければならないんです」

男は大変だな。男の数が多くないとな。じゃ、親父か兄さんは、専属の運転手みたいにいつも待機してなきゃいけないわけ？　木口が言い、絶対父や兄じゃなければならないってわけではないんですけど、と愛子が答えた。

「じゃ、父方の伯父でも母方の叔父でもオッケーってこと？　ボーイフレンドは？」木口が調子にのってはしゃいだ。

「愛子さんの話、邪魔しないでくださいよ」

筒井がぶっきらぼうに言った。

「そうね、聞いてみましょうよ」

あたしは筒井に同調しながらも、内心では何て面倒くさい社会なんだろうと思った。

信じるかどうかは別ですけど、と愛子が続けた。ある年頃の女の子が外出をしたんです。そう、わたしの幼馴染《おさななじ》みの話。父も兄も家にいなかったので、隣のおじさんと一緒でした。家族の男たちは、外出したいから連れていってと頼んでも、たいていは面倒がって家に居なさいって言うんですよね。ちょっと遠い市場でしたけど、知らない人たちは当然家族だと思うでしょうし、家庭を持った四十代の、隣の優しいおじさんだったから、安心して付いていったんです。

おじさんは子ヤギを売りに市場へ行くところでした。友達は靴を買いたかった。履いてみたり、いろいろ比べてみたりしながら自分で選びたかったんでしょう。二人とも市場に行く用事があったから、ちょうど良かったんです。父娘が仲睦《なかむつ》まじく市場に行くみたいに。その途中、丘の上に古びたモスクが見えました。放置されてから百年以上は経っているという、暗い感じの。

愛子はそこで話を止め、息を深く吸った。果たして本当に友達の話だろうか、ふとあたしは思った。

見ただけでも不気味なのに、おじさんが言ったんですって。あの城のような建物の中にはな、女性の白骨が山のように積み重なっているそうだよ、と。白骨ですか？　と友達が聞き、おじさんは、いろんな事情で死んだ人のな、と答えたそうです。

市場に行くまでに分かったんですって。強姦され自殺した女性たち、自殺を拒んだために、一族の名誉を汚したと、親族に名誉殺害された女性たち、強姦犯の姉や妹たち……彼女たちも報復強姦されて自殺するか、あるいは名誉殺害されますから。要するに、そういうふうに死んだ女性たちの白骨があるってことでした。名誉殺害って何？　誰かが小さい声で聞いたけど、無視された。

まさかと思ったんですって。さっきの木口さんみたいにふざけて言う、作り話だろうと。ところが、子ヤギを売って市場からの帰り、ちょうどそのモスクの前に差しかかった時に、おじさんが、おとなしくしないと、お前もあの中の白骨のようになるんだぞ、分かるだろう？　と脅して岩だらけの谷間へ友達を引きずっていったんですって。ヤギを引きずるみたいに。

何が起こるかは分かりきってますよね。どっちにしても死ぬことになるわけじゃないですか。こんな時はアラーの神も何も、まったく頼りにならない。友達は、おじさんを振りきって丘を這《は》い上がり、モスクに逃げ込んだそうです。そこまでは追っかけてこないだろうと思って。でも彼は丘の上まで追っかけてきた。たぶん彼も信じていなかったんでしょう。そのモスクの中に白骨が山積みになっているとは。

友達は暗いモスクの奥に逃げ込み、手当たり次第に何でも引き寄せ、身を隠しました。床にピタッとうつ伏せになって。埃《ほこり》で息がつまり、咳が出そうだったけど、舌を噛みしめてこらえたんです。

おじさんは暗闇の中をぐるっと見回したけど、意外と簡単に諦めて去っていきました。なんとか助かったんです。友達は、そのまま一時間ぐらい経ってからそっと立ち上がりました。そして、こんなおぞましい回族社会とは永遠にサヨナラしよう、とその場で決心しました。何としてでも出ていくんだって。

そこはキビの倉庫のように見えました。古くなってぼろぼろになったキビの茎でいっぱいの。でも、よく見ると、キビの茎ではなく人骨だったんです。風化して臭いもしない。触るとふわっと埃がたつような。それを一時間あまりも被っていたわけです。

ギイーッ、という音とともに店のドアが開いた。雨の匂いを含んだじめじめした空気が蛇のように忍び込み、ホールの中をくねりとかき回した。

「うわあああー、何あれ」

悲鳴をあげたのは木口。

一斉に入口の方を見た。

暗い外から、乱れた黒い髪の男が、すっとホールに入ってきた。肩まで届く濡れた髪。海から這い上がったポルトガル人の幽霊？

「あれ？　慶次郎じゃないか」

大岡が言った。男は答えずに窓辺のテーブルに座った。慶次郎って？　誰かが低い声で聞いた。

あたしは彼を知っていた。アダムスアップル・スタジオで会ったパーソナリティ。スタジオで見た時と全然雰囲気は違うけど、その人だった。この時間に彼がここに来てはいけないっていう決まりはないはず。なのに、なぜか彼の出現は意外だった。スタジオでの印象とはあまりにもかけ離れていたからかもしれない。

大岡が彼のそばに行った。何かをひそひそ話し、ここにヒレ酒熱燗一本！　と叫んだ。そして続けて言った。

「銀ダラの味噌焼きも一つ！」

13

「ロブスターサラダの材料は？」

「ロブスター一尾、塩少々、オリーブオイル適宜、ニンニクのスライス二切れ、石づきを取った椎茸五個、サラダ用の寄せ野菜——京菜、ルッコラ、ベビーほうれん草、カラシ菜、レタス、サヤエンドウ、フダンソウ——全部合わせて八〇グラム、スパイシーレモンドレッシング四分の一カップ、つまり五〇ｃｃ」

あたしが聞き、秀雄が答えた。秀雄はいつもレシピを正確に覚えていた。

「サラダの材料をスパイシーレモンドレッシングで和えて、ニンニクチップを散らす……さあ、どんな味になる？」

「……」

「和えたのよ」

「椎茸、ほうれん草、カラシ菜、ニンニクの味……？」

「ブー、はずれ。材料を順番に言っているだけじゃない。そんな味にはなりません」

「濃口醤油、オリーブオイル、唐辛子、レモン汁、胡椒《こしょう》……」

「それはスパイシーレモンドレッシングの材料でしょ？　どんな味になるかって聞いているの」

「……」

「正解は、ロブスターサラダの味！」

「ロブスターサラダ？」

「うん、ロブスターサラダの味」

「ナンセンスなクイズは苦手です、僕は」

「ナンセンスじゃありませーん。サラダの味を一つひとつの材料の味で捉える秀雄の考え方がナンセンスなんじゃない」

「考え方が？」

「調理すれば、材料は料理に変わる。だから一つひとつの材料の味ではなく料理の味になるものなのよ」

「それって、変ですよね」

「変じゃない。チリソースで椎茸だけを和えたとしても、チリソースと椎茸の味とは言わないの」

「チリソースと椎茸の味じゃなくて？」

「第三の味。どんな名前を付けるかは作った人の想像力次第ね」

「エイチ・ツー・オーみたいなものですか？」

「エイチ・ツー・オー？」

「水素二に酸素一で、水素でも酸素でもない水になるじゃないですか」

「そう、それ、完璧！　それが分かれば、料理のことも全部分かったようなもんよ。だから、秀雄にだってできる」

「サッパリ分かりませんけど」

「今ちゃんと分かってたじゃない」

「だけど、僕が作ったロブスターサラダは、ちゃんとした味になるでしょうか。お客さんが首を横に振って顔をしかめたりしないでしょうか」

「ちゃんとした味ってのはなくて、秀雄が作ったロブスターサラダの味があるだけ。あたしが作ったロブスターサラダと秀雄が作ったロブスターサラダはどちらもちゃんとサラダの味なわけよ」

「だけどみんな、美味しいとか、まずいとか言うじゃないですか。美味しいものを食べようと店を選びますよね。僕がネクストドアを潰《つぶ》すわけにはいかないんです」

「味は自信と暗示。真心を込めて作ったら、自信を持って出すこと」

「暗示は？」

「お客さんに『いかがですか』って聞く。こう聞くことが『この料理美味しいでしょう？　いい味ですよね』という暗示になるの。暗示を成功させるには、まず真心を込めて最善を尽くすこと、それから、天を衝《つ》くほどの絶対的な自信を持ってないとね。自分が美味しいと思ったこの料理は、お客さんにもきっと満足してもらえる、そう固く信じることが大事。そして……うん、これはパブロフの法則から学んだことなんだけど、自慢の料理を出す時は、今一番人気の歌をさりげなく流すってことも一つの方法ね。味なんて実体のないものでしょ？」

「実体がない……んですか？」

「舌で感じる味って、しょっちゅう変わるじゃない。気まぐれなところがあるから。食べる人の虚栄心が満たされるかどうかにもよるし、時と場所も大事なレシピだってことを覚えておかないとね。お客さんの気分次第で味はどうにでも変わるんだから。肝心なのは、新鮮な材料とサービス、創作に対する情熱と誠意かな。日本でラーメン屋が一日に何軒つぶれて、何軒新しくできるか知ってる？　味に何か実体があるからじゃないのよ」

「料理学校で学んだことなんですか」

「ノー、あたしのオリジナル。秀雄にだけ教えてあげるの」

「どうしてですか。僕のことが好きなんですか」

ハハハ。思わず笑ってしまった。うん、こんな秀雄が好き。

「秀雄は、レシピもちゃんと覚えているし、世の中のいろんなこともよく覚えているよね。でもね、材料が自分の味を主張しないで新しい味を作り出すように、もっと大きなことを知るには、既に知っていることに執着していたらだめなんじゃないかな。そういうふうに執着するのって、自信がないからだと思うよ」

こんな言い方、ミル姉さんが聞いたら、また呆れるにちがいない。

「そうかもしれません」

「そう思うでしょ。そしたら、秀雄も調理師学校に行って勉強してみれば？」

秀雄の部屋は狭いけど明るかった。ガラクタで埋め尽くされていた筒井の小さな部屋ぐらいかな。筒井の小さな部屋は、まるで呪術師の部屋のようだった。西アフリカ・ニジェールの、とある部族の。

インターネットで見た彼らの部屋もガラクタでいっぱいだった。一夫多妻制で、妻たちが他の妻に呪いをかけるためにやってくる部屋。秀雄の部屋はきちんと整頓されていた。整頓？　ウーン。筒井と秀雄の部屋はいろんな面で対照的であることは確かだが、変わってるという点では同じだった。

角をきちんと揃《そろ》えて積んである本はコンマ一ミリのズレもなかった。製本所か造幣局の巨大なカッターで切り落としたばかりの紙の塊を積んであるかのようだった。本はサイズ別に、丸いビンは四角いケースに入れられ、大きさや高さ別にきちんと並べられていた。

四角の電子レンジ、四角い電話、四角の目覚まし時計。思わず息が詰まった。こんな四角のフラクタルに取り囲まれていると、あたしも同じようにだんだんと四角い石碑になってしまいそうな気がした。体がこわばってくる感じがして、あたしは喘《あえ》ぐように「料理っていうのはね」と必死に話しかけた。

自信について語ったのは秀雄のお母さんだった。

「知識が増えれば増えるほど、クイズ番組で優勝すればするほど、秀雄はむしろ自信を失っていくような気がします」

「そんな……」

「がむしゃらに覚えて優勝しようと頑張るのは、本当は自信を得るためではなく、自信のない自分から逃げたいからだと思うんです。知識が増えるほど、知らないことの方が多いと気付かされますものね」

あたしの母さん、朴聖姫より十歳は上に見える秀雄のお母さん。娘みたいなあたしに対して彼女はまるで先輩に言っているような話し方をしていた。

胡瓜のみじん切り、リンゴ、ツナをマヨネーズで和えたものが、スプーン一杯分、半分に切った茹《ゆ》で卵の上にのせてあった。あたしが約束の場所に着いた時、既に秀雄のお母さんの前に出されていた料理。つるんとした半割の白身の上に、マヨネーズ和えのサラダが山盛りになっていた。山のてっぺんには葉脈も鮮やかな緑のダンデライオンの葉が挿してあった。とても小さな、白い帆かけ舟のようだ。

何であんな物を注文したんだろう。三つか四つの女の子が喜びそうな料理じゃないか。あたしもお昼前だったので、ホットココアとサンドイッチを注文した。

まもなく出てきたサンドイッチとやらも一口サイズ。そんなものが、たったの四つ。子供のままごとじゃあるまいし。何これ？　あたしはむっとして辺りを見回した。そしてすぐ、顔が熱くなった。Children's Cook。ウインドーに虹色で書かれたアルファベットの文字が、アッカンベーと笑っているように見えたのだ。

あ！　ごめんなさい。秀雄のお母さんに頭を下げた。前から可愛いレストランだとは思っていたんですけど、まさか子供のレストランだとは知りませんでした。と言いながら、あたしは、顔がもっと赤くなってくれればいいのにと思った。

電話が鳴ったのは、音楽を聴きながらネットでショッピングモールをのぞいている時だった。秀雄のお母さんだった。忙しいようでしたら、また改めて電話します、と彼女は言った。思わず鵜呑みにして、忙しかったら出てこなくてもいいという意味だと勘違いするところだった。だけど、向こうから突然電話をかけてきたんだから、出てこなくていい、なんてはずはないのだ。

秀雄のことなんですけど……彼女は長崎駅の近くにいると言った。ユナさん、どこか知っているお店ありませんか。この辺りはよく知らなくて……どこでもいいですから、と言った。あたしはウーンと、しばらく考えて「カリフラワー」というレストランで待っていただけますか、と言った。駅の向かい側にあるファミリーマートの横にオレンジ色のヒサシを張り出した店が見えると思います。

子供の目線で作る料理でしょうけど、子供だけが食べる料理ではないですからね。秀雄のお母さんが、赤くなっているはずのあたしの顔を見ながら言ってくれた。彼女の「目線」と言う言葉が妙に慰めになった。そして、こう付け加えてくれた。私は少食だから、わざわざ子供用を注文することもあるんですよ。残さなくていいし、高くないし、胃にやさしい材料を使うから、と。

言われてみれば、確かにレストランには子供は見あたらず、大人の客が三人いるだけだった。ありがとうございます。あたしがぺこりと頭を下げると、秀雄のお母さんは白菜の芯のように白くきれいな手を口にあて、少女のようにそっと笑った。

「お母さんが勧められたんですよね。この間の福岡でのクイズ番組……」

「得意なことは何でもやらせた方がいいと思って勧めたんですけど、もうやめようと思うんです」

「あたしも秀雄さんに勧めたんです。クイズ番組に出ることを役に立たないと思っているようでしたので、お金になることは価値があるって、言ったん……ですけど……」

お金と結び付けるなんて軽率ではないかと、彼女に怒られそうで口をつぐんだわけではない。急に彼女の目尻にじわーっと涙が滲《にじ》んだからだ。

「そうだったんですね……。クイズ番組に出ることを役に立たないと思っていたんですね、秀雄は。なのに私は、それも知らずに」

卵の小さな舟。食べ物ではなく何かの飾り物のようなそれが、うつむいている彼女をジッと見上げていた。

「すみません。余計なことを言って……」

そう言いながらあたしは、携帯電話ぐらいのサンドイッチを素早く口に入れた。そうする自分がちょっと恥ずかしかったけど、お子様専用のレストランでブランチを食べるのも、突然の涙に出遭うのも、どれもあたしには面食らう出来事だったから。

「いいえ、いいんです。私はいつもユナさんに感謝しているんです。秀雄もユナさんのことを、姉より慕っているんですよ」

「お姉さんが……いらっしゃるんですね。秀雄さんにお姉さんがいるなんて、思ってもみませんでした、何でだろう」

「本当は、実の姉じゃないですから」

「……」

こんな時は、何にも言わないのが礼儀かも。もぐもぐ。サンドイッチをただ噛んでいた。

「秀雄は……養子なんです」

「……」

もうちょっと黙っていなくちゃ。ココアも一口飲んだ。

「警察署の前に捨てられていた赤ちゃんを養護施設が引き取ったんです。その子がひどい熱を出しましてね、私がしばらく面倒を見ることになりました。半年だけ面倒を見るつもりだったんですけど、情が移ってしまって、自分で最後まで育てるって、言いました。可愛くてね。息子、娘、夫、みんな反対。私は必死」

いつの間にか彼女の顔に笑みが漂っていた。みんな過ぎ去った過去のことですけどね、と言っているかのような笑みが。

とび抜けて勉強ができて、いつも学校一番を逃さない養子。一方、実の息子や娘の成績はいまひとつ。勉強はずば抜けてるのに、人付き合いの不器用さは成長とともにひどくなる養子。それに、彼が増やしていく知識というのも、どんどん現実離れしていく。火星と金星ぐらいに。何か葛藤を抱えていても不思議じゃない家族……我ながら陳腐で通俗的と思われる想像をしながら、あたしは最後のサンドイッチを飲み込んだ。

私ったら、何を余計なこと言っているのかしら。秀雄のお母さんがスッと鼻をすすって背筋をしゃんと伸ばした。ごめんなさいね、忙しいところをお呼びして。彼女の目にからになったあたしの皿がはっきり映っていそうで、慌てて、とんでもないです、ちっとも忙しくなんかありませんと、大きな声で答えた。

「独立したいからと言って、去年、宮崎からここに出てきたんです。秀雄一人で。

時間を作っては暮らしぶりを見にきていたんですけど、今度私が中国に行くことになりましてね。夫が長期出張で、どうしても付いてきてほしいと言うもので。料理も洗濯も秀雄の方がはるかに上手だし、心配しなくてもいいとは思うんですけど、どうしても気になるんです。一カ月近くもかかりそうなので」

秀雄のお母さんはここまで言って、はっと気付いたように卵の帆かけ舟をあたしの方に滑らせた。

「これ、食べてくださる？」

どうせ彼女は手をつけそうもなかったので、あたしは遠慮しないことにした。

「何か特別に面倒見てくださいと言うんじゃないんです。ただ気にかけていただけたらと思いまして。秀雄、朝ごはんは食べた？　みたいに。その程度でいいんです」

卵の帆かけ舟は意外と美味しかった。

「は、はい、そうします」

あたしは、卵の帆かけ舟の美味しさに気をとられていた。

「秀雄、元気？　気分はどう？　こんなふうに。自分が安心したいから余計なことをお願いしているのかもしれません。私がいなくても、ちゃんとやっていけるんでしょうけど」

「は、はい、そうします」

あたしは二つ目の卵の帆かけ舟を口に入れかけていた。だって、サンドイッチがちっちゃかったんだもん。

「秀雄さんは、ネクストドアで立派にやっています。それに大岡さんはいい方ですから、心配なさらなくても大丈夫だと思います」

あたしは大岡のことを「いい方」と言っていた。

「大岡さんって、あのレストランの支配人さんのこと？」彼女が聞き、あたしは卵の帆かけ舟を口の中ですり潰した。

「は、はい、そうです」

レストランを出て、彼女は駅に向かって歩いていった。歩道橋を上っていく彼女の白い足首がどこか危なげに見えた。彼女が歩道橋を完全に上りきるのを見届けて、あたしは自分のアパートに向かった。

路地の商店街が賑わい始めていた。リュックを背負った韓国人らしい若い女性三人がカレーショップを覗《のぞ》きこんでいた。

あれどう？　脂っこそうじゃない？　ここの食堂は何でみんな穴ぐらみたいに狭いのかしらね。自分たちの会話を分かる人間がいるとは思っていないんだろう。

あたしは何となく二、三歩離れて半円を描くように彼女たちを避けて通り過ぎた。そんな自分に苦笑しながら、彼女たちを振り返ってみた。いつの間にかどこかの店に入ってしまったらしく、彼女たちは見えなかった。

「こんちはぁ」

子供の声が聞こえた。モヤシのようなしゃりしゃりとした声。若い母親がベビーカーを押してあたしとすれ違った。ベビーカーのフードの下から幼い子供が、本当にモヤシのように透き通った手をあたしに向けて振りながら、こんちはぁ、こんちはぁと言っていた。

「こんにちは」

にっこり笑って答えてあげた。若い母親が頬を桃色に染めて笑った。雲に覆われていた東の空が明るくなってきた。あちこちでシャッターを開ける音が聞こえ、立て看板も次々と外に出された。スーパーマーケットに寄り、ステンレスの卸金《おろしがね》と小さな杓子《おたま》を一つ買った。チゲ用の土鍋とアップルマンゴーも。

スーパーから出ると、すっかり空が晴れ上がっていた。眩《まぶ》しかった。いつも通いなれている道なのに、眩しい日差しのせいか、見知らぬ街のように見える。

もちろん、秀雄も知っています。聞いてないのに、秀雄のお母さんは言った。養子だってことを十四歳の時に知ったんです。その時からですね、笑い始めたのは。

彼はいつも明るく笑いますからね、と言ったのはあたしが先だったろうか。秀雄のお母さんは、またうつむいた。あたしが卵の帆かけ舟のサラダをきれいに平らげた後だった。

それを知ってからは、癖のように笑っていましてね。顔の筋肉がおかしくなったかのようにただ笑うんです。理由もなく。それが原因で他の子供たちにからかわれるようになりました。悪口を言われても笑って、ぶたれても笑っていましたからね。勉強して覚えた知識の一つひとつが空回りするようになったのも、その頃からだったんです。水と油のように決して混じり合うことはなかった。学校で成績はいつもトップだったけど、それ以外の部分はまるで駄目。

捨て子だと知ったこと、その後の笑み、頭の中だけで堂々巡りする知識、そして繰り返されるいじめ。それらのことがどう関わり合っているのか、私には分かりません。そんな現象がほぼ同時に現れ始めたということ以外は。

あとになって気付きました。秀雄の笑みは、笑みではなく耐えていることだって。あの子は何かに耐えていたんです。あるいは全てに。耐える時って、つらそうな表情をするか、深刻そうな顔をするのが普通ですよね。なのに、秀雄は逆だった。じっと耐えていることを私や家族に見せたくなかったんでしょう。秀雄は優しすぎる子だから。家族が心配すると思ったんです、きっと。

でも、そんな理由だけじゃなかったんです。あまりにもいろんな子たちから集団でいじめられていたもんだから、どこで誰に会っても、僕はあなたに危害を加える意思は、まったくありません、と先回りして示していたんです。握手を求めるように、微笑みでね。そんな切実で悲しい願いが込められていたんだと思うんです。どうか僕を殴ったりいじめたりしないでください、という……。

彼女を見ていたあたしの視線は、いつの間にかからになった皿を睨《にら》んでいた。

悲しくも本能的な、自分の身を守りたいという切実なポーズだったんです、秀雄の笑みは。変な笑いはやめなさい、泣きなさい、言いなさい、やり返しなさい、と教えたけど、無駄でした。子供たちに小突かれても、ただ微笑むばかり。いじめっ子たちが、悔しかったらかかってこい、と殴っても笑みを浮かべ、泣いてみろ、と殴っても笑い、一度だけ痛いって顔をすれば二度と殴らない、と殴っても、秀雄は微笑んでいた。

ある時、ひどく殴られたことがあったんです。殴っても殴っても微笑んでいるもんだから、秀雄を殴っていた子供たちが、本気で怒ってしまったんです。どうしてそれが怒ることなのか私には理解できないけど、とにかく、子供たちは寄ってたかって袋叩《ふくろだた》きにして、地面にねじ伏せて踏みつけたそうです。秀雄は全身傷だらけになって帰ってきました。

急いで病院に連れていって治療を受けさせ、一緒に学校へ行きました。行ってみると、秀雄を殴った子供たちが職員室にやってきて、先生に謝っているところでした。誰かに言われたからではなく、自分たちで自首しようって決めたんですって。どうしてそう思ったのか、子供たちに私が聞きました。すると、一人の子が言ったんです。ひどく殴りすぎたから怖くなったって。

その子たち、相当のワルだったらしいのに、自分たちが怖くなるくらい秀雄を殴ったのよね。秀雄は職員室の窓の外をボンヤリと見ていました。傷だらけの顔に相変わらず笑みを浮かべて。それ以来、秀雄を殴った子供たちは問題を起こさなかったそうです。悪童たちが怖くなって自ら深く反省するほど、秀雄は黙って殴られていたわけですよね。めちゃくちゃに。ユナさんの言うとおり、秀雄はいつも明るく微笑んでいるけど、見ている私は胸が張り裂けるような思いです。

歩いていた足を止めて、あたしは長崎駅の方を見た。広場のドーム型の天井にも日が差し込んでいた。秀雄のことは心配せずに、中国に行ってらっしゃい、と心の中で呟いたら、ゲップが出そうになった。「カリフラワー」で秀雄のお母さんの分まで食べてしまったからだ。チルドレンクックでも食べすぎれば、胃に負担がかかるのか、と思った。

「食べてみてください」

秀雄が何かを皿に盛って運んできた。胡瓜、茹でたジャガイモ、チーズ、スライスハム、そして正体不明のドレッシング。お皿は四角じゃないのね、と言おうとしてやめた。あ、そうだ、飲み物、と言って秀雄は戻っていった。あたしはお皿の上のものを一つずつ口に放り込んだ。胡瓜の味、茹でジャガの味、チーズ味、スライスハムの味だ。正体不明と思ったドレッシングは、何のことはない、みじん切りのキウイとマヨネーズを混ぜただけのものだった。

調理する前の食材を並べただけの料理。だから食材の味でしかなかった。食材の味が消え、料理の味が生まれる、と言ったあたしの言葉に真っ向から挑戦してくるような料理だった。

「いかがですか?」

二杯のコーヒーを危なっかしい手つきで運んできながら、秀雄が聞いた。美味しいでしょう? 立派なもんでしょう? と暗示をかけてきているんだろうか。

「自信たっぷりに勧めてるのにさ、美味しくないなんて言えないじゃん。グッドよ」

「本当ですか」インスタントコーヒーを勧めながら秀雄が言った。

「こんなコーヒーが意外と合うんです」

彼が自信たっぷりだったせいだろうか、ジャガイモにスライスハムをのせて食べ、インスタントコーヒーを一口飲んでみると、結構いけた。あたしはそれをゆっくりと噛んで飲み込み、そしてコーヒーを飲みながら、床に落ちる日差しを見た。安らかな気分だった。こんな時もあるのだ。生きることなんて、大したことではないんだと思えるほど、とんでもない自信に満ちて、理由もなく幸せな気分になる瞬間が。秀雄の四角だらけの部屋も、もう窮屈ではなかった。開いている窓から風が入ってきた。

秀雄もカチカチと、フォークの音を小さく立てながら食べていた、静かに。頭のてっぺんの髪が海草みたいに揺れている。

小さな部屋、降り注ぐ日差しと風、茹でジャガと何枚かのチーズとスライスハム、そしてインスタントコーヒー。生きていくのに、これ以上、何が必要だろうか。

「秀雄には何か、必要なもの、あるの？」

いつか似たようなことを聞いた覚えがある。秀雄は何に興味があるかって。

「願い事のことですか？」

秀雄が聞き返した。

「願い事？　うん、そんなことかな」

「あったら、叶《かな》えてくれますか？」

聞いてあげる、とあたしは快く答えた。彼が興味を持っていることなんて、せいぜい皿を磨くことと、何枚の皿を磨いて布巾を替えるべきか、それくらいのものだもの。

「本当は、僕、調理師学校なんて行きたくないんです」

やっぱり。ずっと皿を磨いていたいというのかな。

「じゃあ、何がしたいの？　ずっと皿洗い？　それがいいの？　願い事はないの？　一番の望みは何？」

母でも姉でもないのに、これ、責めすぎではないだろうか。

「本当に何でも聞いてくれますか？」

「聞いてあげるってば」

「ユナさんの胸を触ってみたい」

「エッ？」

「やっぱり駄目ですよね」

「ううん、触っていいよ」

今、何の話をしてたっけ、という顔で秀雄とあたしはぼーっと見つめ合った。

そして、あたしは自分の胸元を見た。これだったら、まあまあかな？　と思っているうちに、秀雄の片方の手が恥ずかしそうに持ち上がってきた。あたしの胸は薄手のニットの中でおとなしくしていた。ニットの上に秀雄の手が伸びてきて止まった。片手に入るくらい、あたしの胸は小さいんだろうか、それとも秀雄の手が大きい?

あたしはどうして、秀雄の手が下着の中に入り、胸をじかに触るだろうなんて想像したんだろう。窓の外でヒグラシが鳴いていた。ヒグラシが鳴けば秋が近いと言ったっけ、と思った瞬間、秀雄の手の感触がなくなった。

「実は、本当にやりたいことがあるんです」

秀雄が言った。今度はセックス? 自信を持たせすぎたのかも。せっかく自信持って話しているのに、今更がっかりさせることもできないしな……。本当にやりたいことって何? とは、どうしても聞けなかった。今、あたしは本当にバカみたいな顔をしているにちがいない、きっと。

ついに秀雄が口を開いた。

「大学に行きたいんです」

エッ?

「大学?」

「材料は十分あるでしょう？　頭の中に。あとは自分を信じればいいんですよね」

「うん？　あ、そうよ。もちろん、そうそう」

あたしは秀雄をキュッと抱きしめ、頭のてっぺんにそっと唇を当ててあげた。

秀雄ならできる。絶対できる。うん。うん。

14

psheeee・・鄭君に申し訳ない理由なんて、それまではなかったけど、ある日あんたのパパ（あ、その頃はビンだったね。ハン・ビン）が、鄭君をぶん殴ったことがあってね。あの時は本当に申し訳ないと思った。

鄭君を見るや否や、いきなり胸ぐらをつかんで押し倒しては、殴りつけるんだもの。引き離そうとしても聞かないのよ。拳骨で顔面をぶん殴ったら、パカッと、西瓜が割れたような音がしたの。私はキャアキャアキャアわめいた。理由も言わずに人に殴りかかるなんて、どうかしてるってね。

みんな見ていた。町のど真ん中で始めたもんだから当然よね。鄭君は道端に叩きつけられ、服は汚れるわ、ボタンは取れるわ、それはもう大変な見世物。このことが父さんの耳にまで届いちゃって、結局その日もさんざん油を絞られた。鄭君が一方的に殴られてくれたから、それくらいですんだけど、鄭君が「この野郎」って殴り返してたらどうなったかと思うと、ぞっとした。何も彼が人を殺《あや》めた前科者だから怖かったわけじゃないのよ。そうじゃなくても鄭君は十分に敏捷だったし、強かったから。あんなふうに、ただ殴られているような無気力な人ではなかったからね。

なのに、鄭君はおとなしく殴られていた。何か自分なりに、そうするしかない理由があると思ったのかもしれない。頭の悪い人じゃないから。そうやって誰かに一方的に殴られるってことも、ある種の自信じゃないかなと思ったね。危ないと思ってたら、本能的に立ち向かったと思う。ところが、黙って好きなようにさせておいて、ただ目を逸らして遠くの山を見ていたの。そんな鄭君に本当にすまないと思ったし、本当にありがたいと思った。

あとであんたのパパに、どうして殴ったのか聞いたらね、ただ何となく癪にさわる奴だから殴ってやったんだって。あいつは何で君にくっついて回るんだと言うの。付いて回るんじゃなくて、私が頼んだから一緒に来たんだと言っても、頑として聞かない。私のためにだけじゃなくて、私たち二人のために付いてきてくれたんだと言っても、とにかく癪にさわるの一点張り。

大学まで出た男が、本当にその時は子供以下に思えた。私が鄭君をかばうと言って、また怒りだす始末だもの。恋に落ちると誰でもそうなるのだろうと我慢はしたけど、鄭君には本当に申し訳なくてね。

鄭君は切れた唇を何ともないかのように手の甲ですっと拭った。私がごめんなさいと言うと、そんなことを言われると、かえって自分が申し訳ないから、もう何も言わないでほしいと言った。

都合良く鄭君を利用したような気がしてね、悪いなぁって。実際私は、一人では外出できなかったからね。母さんや父さんのガードが厳しかったもの。いろいろと理由を付けて抜け出そうとしたけど、いつも監視されていたから鄭君が必要だった。私にも必要だったし、実は父さんにも必要だったのよ。鄭君と一緒だったら、私は外出できたし、父さんは監視ができたから。私と父さんは鄭君のことをけっこう信頼していたからね。母さんだけはどうしても不安を拭えないようで、不満げな目で見ていたけど。

そうね、利用と言われれば利用だよね。だけど鄭君はいつも黙って付いてきてくれた。彼としては、自分を信じてくれる私と父さんに応えたい気持ちもあったでしょう。母さんや従業員、隣村の人たちは、相変わらず鄭君を人殺しの前科者として見ていたから。

従業員に出す賄《まかな》いのために市場にしょっちゅう行かなければならなかった。自転車で。その自転車が大きくてね。荷物用の自転車だったから、私にはまるで戦車みたいなものだった。行きは何とかなったけど、帰りは大変。荷物をたくさん積んだからね。ひどい時は、豚の一頭か、米の一俵ぐらい積んだみたいに重かったの。

初めのうちは私も、鄭君と一緒に市場に行き来するのが何となく気まずかった。

往復の道のりがわりと長くて、その間どんな話をしていいのか悩んだりして。だって親しくなりすぎても困るでしょう。あんたのパパの目もあるしね。

何とも妙な具合だった。だって、私は鄭君を外出に利用していたし、父さんはボディーガード兼、監視役として鄭君を使っていたんだから。私と父さんの思惑が正反対だから、鄭君も辛いものがあったと思うよ。一方では監視役でありながら、もう一方では監視対象のデートを見て見ぬふりしなければならなかったわけでしょ？

私は、鄭君が私の気持ちを察していると信じていたし、父さんは父さんで、鄭君は自分の気持ちを十分理解している、そう信じていたんだと思う。お互いに気まずかったのは、それが分かってたから。だから悪いなぁと思いつつ、でもどうしようもなくて。そうしてでも私のビンに会いたかったんだもの。

ある日、鄭君を金物屋の前に待たせておいて、あんたのパパに会いにいった。町の真ん中では人目に付くから、町はずれの喫茶店にね。うちの革工場で使う道具類の製作や修理をいつもしてもらっている金物屋だったけど、その日も新しく作るものや修理しなければならない物がいくつかあった。研がなければならない刃物もけっこうあったし。だから、金物屋の前で待たせる理由はちゃんとあったわけ。どうせ終わるまでしばらくはそこで待つことになるんだから。

そのすきに私は小走りで喫茶店に向かった。その喫茶店、今は「ブラームス」というしゃれたカフェに変わってる。何度行ってもブラームスの曲なんて流れてなかったけどね。

喫茶店を出ると、マクワウリを買って、ネギとかニンニクも買って、さもたいそうな買い物でもしたかのように金物屋に戻った。しらじらしくね。重くて今にも倒れそうとばかりにうんうん呻《うめ》きながら戻ったら、鄭君は金物屋の前で子犬と遊んでいた。子犬というか、でも成犬ではない、まぁ、中犬かな。

退屈だから犬をからかってたんでしょう。いきなり犬がワン！　と鄭君に跳びかかったの。犬みたいな利口な動物は見抜くのよね、相手の強さを。牛や鶏だって相手の強さが読めるんだから。だから小さな子供にはやたらと跳びかかるのよ。区長の趙《チョ》さんちの娘、オクプンを知っているでしょ？　彼女の顔の傷は、天然痘のせいじゃないのよ。子供の頃、雄鶏に突っつかれた傷痕なの。

一目散に逃げていく鄭君の格好ったら、おかしくてね。トカゲが尻尾を切られて逃げるみたいだったもの。だから彼は、荷物が重たくてうんうん呻いている私にも気付かなかった。しばらくして、遠く離れた路地の角から私を呼んだの。自転車を持ってきてくれというのよ。金物屋の主人が品物を積み終わるのを待って、自転車を引いていった。何にも見ていないふりをしてね。

あとで分かったことだけど、彼は咬みつくものは何でも怖がってた。前にも私が言ったよね、毒のないカラス蛇を異常に怖がってたって。猫を見て立ちすくんでしまう人がいるって言うでしょ？　自分が鼠《ねずみ》だと思い込んでいるからなんだって。自分はバッタだと思い込んでいる人間だっているってよ。

鄭君はだからそんな人だったの。咬むものはペンチでも洗濯バサミでも怖がってたんだから。そんな人がどうして道具だらけの革工場で働いたのかしらね。ふざけてよくからかってやった。道を歩いていて、蛇だっ！　と叫んで走りだすとね、死に物狂いで私に付いてくるの。汗だらだらで、はあはあ息を切らして。可愛いでしょ？

でもね、鄭君が咬みつくものを嫌い、怖がるんだってことを、不思議と誰も知らなかった。知っているのは私だけ。彼がどうして私に逆らえず、それほど従順なのか、周りの人はその理由をよく知らなかったわけよ。社長の娘を秘かに慕っているんだなぁ、くらいに思ってたんでしょう。いずれにしても、洗濯バサミにもビビる人だって知ってたからか、私は鄭君にちっとも危険を感じなかった。町に一緒に出かけても何ともなかった。何にも起きなかったからね。母さんや父さんも、そうやって二カ月ぐらい経ったらほとんど気にしなくなった。

口数の少ない人だった、鄭君は。最初は無口な彼がちょっと重たかったけど、だんだん気にならなくなった。犬に追われたり、蛇を見てひっくり返るのを見た後はね。機敏でがっちりした体の奥のどこかに、オムツつけて、指をしゃぶってる小さな子が入っているようだったもの。変に気遣いしなくていいところが良かった。それが楽だったしね。喋らなくても。

でもね、二人はれっきとした男と女だし、それも二十歳過ぎの青春真っ只中だったから、本当に何ともなかったなんて、あり得ないでしょ？　無理して何ともないふりをしていたというのが正直なところね。だって年頃だもの。その頃って、指先が触れるだけで、じっと見つめるだけで妊娠してしまうとか思うじゃない？　実際にそう思って、男の人をまともに見られなかった女の子が村にはいたんだから。

黙々と、馬引きのように自転車を引くだけで、めったに目も合わせようとしなかったのは、だからだったのよ。勝手に妙な気持ちが芽生えると困るから自ら警戒していたんだと思う。きっと二人ともそうだったと思う。二人ともそうしなければならなかった。

それはともかく、私は鄭君が私の立場をよく分かってくれるのが嬉しかった。それだけで満足していたし、それで十分だった。それ以外は何にも考えていなかったしね。私にはビンしか見えなかったから。鄭君は、ビンに会えるように手助けしてくれる、ありがたい存在だった。頼もしいくらい彼は自分の役割を実によく分かっていたの。私と父さんが託した役割をね。

お互いに目を合わせないようにしていると、それがむしろ自然のような気がした。足、痛くないですか？　と聞かれて振り返ると、鄭君は遠い山を見ていたりする。だから、痛いとか痛くないとかいう返事の代わりに、何か、とんでもない言葉が私の口から飛び出すの。ククス食べたい、なんてね。すると、彼がまた聞く。何でまたククスですかって。すると、私が錦糸卵を散らしたククス、って言う。だから、何でいきなりククスなんですか。あの花を見ていたら思いついたの、ほら、あの花、花びらが錦糸卵みたいでしょ？　と私はマンサクの花を見て話し、彼は遠い山を見て話す。ユナも知っているわよね。マンサクの花。

いつもそんなふうだった。目を合わせないから、お互いに全然違う方向を見ているか、並んで見ていることになる。そうしていると、学校に通っていた頃毎日行き来してた道なのに、初めて見る花や木がたくさん目に付いた。サンショウ、カエデ、マメナシみたいなものがね。

花や木だけじゃなかった。空の雲、麦畑を吹き抜ける風、小川を遡《さかのぼ》るメダカの群れ、そんなものを、時にはしみじみと、時には何気なく眺めるようになった。

そうやって大通りを過ぎ、野道を通り、畦道を歩いた。当然、蛇にも遭ったし、蛙《かえる》にも遭った。蛙も人に咬みつくのよと言うと、嘘だと鼻で笑ってた彼が、アマガエルを見ただけで跳び上がるもんだから、おかしくてね。私はけらけら笑い、彼は恥ずかしそうにフフッと笑った。そんな瞬間は、男だとか女だとかなんて忘れちゃうのよね。

飛び石を渡る時が一番大変だった。自転車も担いで渡らなきゃならないから。先に渡っていてください。いつも鄭君はそう言った。私は先にピョンピョンと跳んで渡って、鄭君が自転車と荷物を全部渡し終えるまで川岸にしゃがんで待っていた。

飛び石を渡る時は、まず、自転車に積んだ荷を下ろし、自転車をひょいと持ち上げて運び、それから荷物を運ぶ。その後また荷物をきちんと積みなおす。かなり時間のかかる作業だった。私に手伝ってもらえば少しは楽だったろうに、鄭君はいつも、先に渡っていてくださいと言った。言われるまま素直に、向こう岸でしゃがんで待っていたわけよ。気が利かずに。

自転車を運び、荷物を運ぶ彼の姿は凛々《りり》しかった。水に映った姿も格好良かったし。柳や山桜、ハンノキ、クヌギなんかも、川面《かわも》に映るといっそう清々しいのよね。夕焼けの時なんて、それはもう一枚の完璧な絵だった。画用紙に絵の具を垂らして、それを半分に折って作る絵があるでしょ？　あれ何て言うんだっけ。あれみたいだった、空の夕焼けと水の中の夕焼けがね。そんな夢のような景色を見るたびに、この人がビンだったらどんなにいいだろうと思った。私の素敵なビンと、夕焼けに染まる飛び石を渡り、蔓バラの咲き乱れる我が家へ帰るところなら……。

ありがとう。ある日飛び石を渡ってくる鄭君に言ったの。川岸にしゃがんだままね。彼は川の中の小さな飛び石に立ち止まると、バランスを取りながら私を見た。わけ分かんないという表情でね。ありがとう。私が繰り返すと、何がですか、と彼が聞いた。何でもいろいろ全部。中世の騎士みたいに私を守ってくれるから。

騎士、ですか？　彼が聞き返したけど、その言葉の意味が分かんないわけないよね。でも私はまた言った。秘書みたいに、右腕みたいに、うーん、ボディガードみたいに私を守ってくれて。言ってから、ちょっとこれはひどいと思った。秘書だの、右腕だのって、ひどすぎるよね。でも、馬引きだとか召使いのようだとか言うよりはましだと思ったんでしょう。

ありがたいのは、むしろ僕の方です。鄭君の答えは意外だった。彼がどうして私に感謝するのかしら？　私と父さんの無理な頼みで大変な思いをしているでしょうに、何で？　たぶん、私がそう聞いたと思う。そしたら鄭君が、そう、一言、こう言った。認めてくれたから、って。僕という人間を認めてくれたじゃないですかって。口ごもり気味だったから、はっきりとは聞こえなかったけど、そんなことを言ったの。

ヤクザの世界じゃあるまいし。一瞬思った。認めてくれたから忠誠を尽くす子分？　何かヤクザの世界みたい。〈義理に生き義理に死す〉なんて、任侠の世界でよく言う言葉でしょう？　とにかく短い言葉だったけど、鄭君はそんな意味で言ったみたい。続けて彼がこう言ったのははっきり覚えている。「今まで誰も、僕にこんなふうには接してくれなかったんです。聖姫さんが初めてです」

初恋の告白を聞いたみたいに、顔が熱くなっちゃったわよ。私、何をどうしてたっけ？　ただ皆にするのと同じように接しただけなのに、それが彼にとっては特別なことだったってこと？　鄭君はいつの間にか自転車に荷を積みなおしていたけど、私は茫然としたまま、どうしていいか分からず、のろのろ立ち上がり、お尻についた泥をしきりにはたいていた。もう返す言葉がなかった。何と言うか、そう、厳粛というか、真摯というか、鄭君の眼差しがそうだったから。

鄭君の言葉にただならぬ重みがあったから、かな……。妙に切なくなってね。体の中に大きな石でも入り込んだような気分だった。どうしたんだろう？　これからどうしよう。複雑な思いだった。負担にもなったし。

別に私は、皆にするように接しただけなんだから、ありがたいなんて言わないで。ありがたいのはむしろ私の方なのよ。口に出しては言えなかったけど、どうしてもそう言いたかった。それはたぶん、私の中に石ころのように重く入り込んだ困惑と負担感を払いのけたかったからかもしれない。かなりの重さで迫ってきたからね、そんな雰囲気だった。

こう話していると、その頃の追憶というか思い出は、ビンよりも鄭君の方が多いみたい。一緒に過ごした時間だけなら鄭君の方が長いからね。蛇、蛙、麦畑、飛び石、マンサクの花、サンショウ、果てしなく広がるコスモス畑、私たちを見つけては口笛を吹いて冷やかしてた兵隊さんたち……途中で、どうしても我慢できなくなって、用を足しに私が林の中に駆け込んだ時なんか、林から出てくるまで、猛烈に、それこそ猛烈に、遠い山だけを見つめて立っていた鄭君の後ろ姿。

そんな時期があったのだろうかと思えるほど、薄ぼんやりした思い出だけど、そう、悪くないのよ、鄭君とのことを思うと。昔の思い出だからといって全部が全部美しく思い出すわけじゃないけど、悪い思い出なんて……ないわね。今思い出しても、絵になるもの。

緑一色の道が退屈に続き、道行く人もいない時など、鄭君はせがむように言った。歩くの疲れませんかって。すると私は、マンサクの花を見てクスが食べたいとか「土で育った我が心、青い空恋しい」なんて、鄭芝溶の詩を詠んだりした。どうして彼の問いかけが、せがむように聞こえたのかしら。そうしていると、歩くの疲れませんかって、また聞く。そこで初めて私が答えるの。ちょっとだけ自転車に乗せてくれる？　って。

いつも荷物は多かったけど、だからといって、まったく自転車に乗れないほどではなかった。下り坂ならまあまあ乗れた。でもそれがね、一台の自転車に年頃の二人が乗るんだから、畑仕事の人たちにでも見られたら、何言われるか分からないでしょ？　だから、人目のないところに来た時だけ、そう言ったんだと思う。歩くの疲れませんか？　って。私の耳にせがんでいるように聞こえるはずよね。

よくそうやって村の入口近くまで来た。だけど、鄭君にはちょっと悪戯なところがあってね。私が自転車に乗ると、やたらと飛ばすの。鄭君は咬みつくものは何でも怖がってたけど、実をいうと……私はピューピューとスピードが出るものが駄目だった。スピードに弱かったの。荷物はいっぱい積んでるし、道はでこぼこだし、自転車は今にも壊れそうにガタガタ突っ走る。まったくもう、死ぬかと思った。仕返しのつもりだったのかもね、鄭君なりの。蛙や洗濯バサミでからかったことに対する仕返し。

後ろには荷物をいっぱい積んでいたから、前に乗るしかなかった。乗れるようなところじゃないけど、ハンドルとサドルの間の太い鉄パイプにちょこっと横向きに腰掛けるわけ。

だからガタガタ走ってると、痛いのなんの、いまにもお尻が割れそうな感じ。でも、痛いことよりも、なにしろ怖くてたまらなかった。顔は真っ青になっていて、体は棒のように硬く強ばっていたはず。

何度かそうやって乗っているうちに、だんだん慣れてはきたけど、一度も面白いと思ったことはなかった。家までちょっとだけ早く帰れたし、鄭君が私を乗せたそうだったから乗ってあげただけ。彼は私を前に乗せるのが好きだったみたい。分からなくもないよね。そうやって乗れば、私が鄭君の胸にすっぽり抱かれる格好になるんだもの。実際抱いたりはできないけど、乙女の香りに酔いしれることはできたかも。ふふっ。

村の入り口に立っているチャンスン[*13]が見えてくると、自転車から降りた。二人乗りなんて、してませんよ、みたいな顔で帰らなきゃならないからね。鄭君は、私が自転車に乗ると猛スピードで飛ばしたりはしたけど、それ以上の意地悪はしなかった。ボディガードらしく振る舞うことを忘れなかった。子供みたいな天真爛漫さを隠しきれないところはあったけど、礼儀に反するような言葉や行動は決してしなかった。だから、ひょっとしてこの人は私のことが好きなのかも、と思い上がったこともあるけど、すぐにそれはお姫様症候群だと思い直したね。私はそんな鄭君が好きだった。私の気を引こうとあれこれするような人間だったら、うんざりしてたかもしれないけどね。そういう面では、まったく心配いらないほど、鄭君はまっすぐで立派だったってこと。義理人情を描いた映画の世界じゃないけど、彼ならそんな義理人情を大事にする生き方ができるような気がした。だからこそ、父さんも信頼して私を彼に任せたし、私も感謝しながら彼を頼りにしていたんだと思う。

そう、ありがたい人だった、鄭君は。村を離れるまで、ずーっとそうだった。あんたのパパに殴られて唇を切ったこととか、いろいろあったけど、反対する両家の監視の目を盗み、私とあんたのパパがデートできたのも鄭君のお陰で、私たちの立場を心から理解し、案じてくれたのも彼だった。そんな彼が何で村を離れることになったのか分かる？　今考えても、胸が痛むのよね。

15

「叔母が話そうとすると、祖母がそれを止めたの。子供に余計なことを言わんでいいって」

だけど、知るべきことは知らせなきゃ。こういうことは、早ければ早いほどいいんじゃないの？　大きくなってから知らされると、かえって私たちが恨まれるわよ、この子に。あたしは叔母のぶっきらぼうな口調を真似して言った。ミル姉さんは、好奇心むき出しの目付きであたしを見た。露骨に。

「話ってさ、途中でやめられると、余計聞きたくない？　でしょ？」

ミル姉さんが言った。

「そうよ。だったら最初から話さなきゃいいのに」

「それで？」

「結局祖母が教えてくれた。ふーっと溜息をつきながらね。だんだんと興奮して、しまいには声を荒らげて」

「どんな話？」

「とっくにミル姉さんも知ってること。本当の父親じゃないって」

「本当のパパは日本に逃げたって？」

「その時は、そこまでは知らなかった。村から姿をくらましたことくらいしか。いや、くらましたんじゃなくて……」

「じゃなくてって、どうしたの？」

「ちょっと、急《せ》かさないでくれる？　ミル姉さんたら、遠慮がなさすぎだって、自覚してないでしょ？　少し相手を気遣って、さり気なく聞くってことはできないの？　どうしていつもいつも、そう急きたてるのよ。本当にもう、何も話したくなんかない」

「早く聞きたいんだから仕方ないでしょ？　何でそう怒るのよ」

「早く聞きたいったって、とっくに知ってる話なのよ」

「分かった。分かった。黙って聞きます」

「村の人たちは、鄭君が死んだと思ってたらしいの」

「死んだ？　どうして？」

「また始まった」

「はい、はい。本当に黙って聞くから」

川の崖っぷちに、あいつの靴がきちんと揃えてあったんだ。祖母が言った。あいつのことを話す時、祖母はいつも唇を歪ませた。

(靴が崖っぷちにあった？　それもきちんと揃えて。何それ？　まるで昔のメロドラマじゃない)

祖母の話を聞きながら、あたしは思わず心の中で呟いた。くだらないと思った。あたしには関係ないことのように。

最初はみんなそう思ったさ。川に飛び込んだんだと。祖母は口を歪めて皮肉っぽく笑い、話を続けた。だけどさ、川に飛び込んだなら死体が上がるはずだろ。

川幅だってそんなに広くないんだから、そこは。それに下《しも》に行くほど浅くなっているんだよ、水深《みずふか》が。すいしん、いいい、と横で叔母が訂正した。

みずふかかすいしんかは知らんが、とにかくあいつが川に飛び込んで死んだなら、どこに行っちまったんだ。魚の餌にでもなってなければ、浮き上がるはずだろ？ 叔母がこくんと頷いた。三日経っても、三カ月と十日経っても、何にも浮かび上がらなかったさ。靴で人を騙して逃げたんだよ、あいつは。

「それでね、あんたのお祖父ちゃんがいきりたったわけよ。あいつを捜し出して殺してやるってね」

口出ししたくてむずむずしていた叔母が、ここぞとばかりに割り込んできた。

「飼い犬に手をかまれたってことよ。その時、あんたの母さんの家は大騒ぎだった。うちの方は、気の毒ではあるけど、まぁ正直、むしろ良かったと思ったわ。あんたも知ってるでしょ？ 両家の反対がすごかったこと。こうなったからには、ビン兄さんもあんたの母さんを諦めるしかないだろうと思ったから。警察も投身だとは見ていなかったしね。あいつの指名手配写真がバスターミナルに貼ってあったのよ。ずいぶんと長い間」

「だから、あの、それって……」

むずむずしていた叔母と同じように、ミル姉さんが割り込んできた。

「分かってる、これが聞きたいんでしょ？　そう、強姦だったの」

断固としたあたしの大きな声に、ミル姉さんはビクッと後ずさりした。あたしの誕生秘話なの、これが。古臭い三流ドラマみたいでしょ？　本当にくだらない。と言い放った瞬間、今までどうして煙草を覚えなかったのか不思議に思えた。ミル姉さんの顔をまっすぐ見ながら続けた。

惨めなのはね、あたしがそのくだらないドラマの主人公だってこと。母方の祖父が捜し出して殺してやるとまで言ってた人、祖母や叔母が〈あいつ〉と呼んでこき下ろしていた人、恩を仇で返し、母を犯した人、婦女暴行の罪で指名手配されていた極悪人、その娘があたしだっていうの。そんな人があたしの実のパパだって。まったくもう。

そんなところで暮らしていけると思う？　どうやって？　家族？　親戚？　友

達？　故郷？　むしろそんなものから離れないと、あたしは生きていけないと思った。あたしのことを誰も知らない所が切実にほしかったの。家を飛び出していなかったら、そっちの方がまともじゃないわよ。チクショウ……。

「もっと詳しく知りたい？」

ミル姉さんを睨みつけながら言った。

「ううん、もういい」

ミル姉さんは何か悪いことでもしたかのように肩をすくめた。ミル姉さんのアイスクリームが少し溶けて流れた。

ミル姉さんが知りたかったのは、どうやら、あたしが柿田商事に行かない理由だったらしい。あたしの誕生秘話なんかじゃなくて。

仕事を終えてアパートに帰り、シャワーを浴びて寝ようとしていると、電話が鳴った。私、明日の昼間は時間があるんだけど、行かない？　深夜だというのに途方もなく明るい彼女の声がうっとうしかった。どこに？　あたしはできるだけ暗い声で答えた。柿田商事。ミル姉さん、あたし今疲れているの。だったら、いつ行くつもり？　ミル姉さんのお父さんなの？　あの人が。どういう意味よ？何でミル姉さんがやきもきするのかってこと。

だったらさ、私と会うだけってのはどう？　とミル姉さんは言い直した。私たち、ここんとこ会ってないじゃない。ミル姉さん、クビになったの？　あたしが聞いた。クビになる？　自分から辞めることはあっても、クビになるなんてことはあり得ないの、私に限ってはね。じゃ、暇なんだ。ユナに会いたいの。あたしに？　うん。私に会ってくれる人なんて、ユナぐらいしかいないもん。明るさが消えてしょんぼりとした声になっていた。

どこで？

爆心地。

バクシンチ？

原爆が落とされたところ。ドカンと原爆が落ちた場所に立つと、何か、妙な気分になるの。ミル姉さんったら、もう……。

爆心地で待ち合わせた。日差しが強すぎてメタセコイアの陰に入った。小さく平凡な公園。あの恐ろしい爆弾が落ちた時、ここには何があったのだろうか。この一帯のあらゆるものが破壊され、焼き尽くされたという。爆心地モニュメントのそばには、とてつもない熱と突風にも崩れず最後まで残っていた浦上天主堂の残骸が、その長い影を地面に落としていた。

カッコいい。

それを見てミル姉さんが言った。悲しい、ではなくて？　とあたしが尋ねた。悲しくもあるし……。悲しいの、格好いいの、どっちなの？　どっちも、両方。

売店で買ったアイスクリームを舐めながら、ミル姉さんはとうとう柿田商事の話を切りだした。少なくとも今のところは、行く気はないと、あたしはきっぱり答えた。じゃあ何のために長崎まで来たの？　あたしは答えなかった。パパを探すためじゃなかったの？　彼女がまた聞いた。家を出たのはパパを探すためだったのだろうか、あたしは自問してみた。

浦上天主堂の遺壁の影は、そう言われてみれば、悲しいだけじゃなかった。影だからだろうか。

「実はね……」

あたしはほとんど溶けてしまったアイスクリームを舐めた。

「いいの、いいの。もう何も言わなくていいってば」

ミル姉さんもアイスクリームをペロッと舐めた。

あたしは笑いながら言い続けた。

「惨めで、死にそうだった。まったく、あたしのママっていう人は」

ミル姉さんは黙っていた。あたしはニヤニヤしながら話した。

事態がそうなっても田舎に住み続けたところをみると、ママは相当な度胸の持ち主だったかも。でなければ相当な鈍感ね。まっ、どっちでもいいけど。でも、どうしても我慢ならないことがあったの。

ミル姉さんは相変わらず黙ったままだった。

シヨンていう、あたしが大嫌いな女の子がいたの。小学校の六年間ずっと一緒だったのもめちゃくちゃ嫌だったのに、中学でも同じクラスになっちゃってね。吊り上がった細い目をしててさ、勉強ができるからって、すごく威張っていた嫌な奴なの。先生たちもその子だけをひいきしてたし。あたしが遅刻でもすると、定規の角を立てて手の甲を叩くくせに、その子が遅刻すると、何て言ったと思う？　センコーは。次からは遅刻するなよ、それだけ。

「センコー？」

とうとうミル姉さんが食いついてきた。

担任の先生のこと。ものすごくを、いつもモノシゴクと発音していて、ものすっごく嫌だった先生。ブラジャーの紐をパチンコ銃のゴムとでも思ってるらしくて、女の子のブラジャーの紐が目に付けば、それを引っ張りたがってた。変態だったのよ、きっと。

それはともかく、そのシヨンという子が、ある日あたしを教室の後ろに呼びつけてね、いきなりこう聞いたの。ユナ、あれある？　って。何が？　と睨みつけてやると、月に一度のあれよって。そんなことで嘘を言う必要ないじゃない。まだよと言うと、あたしのことを子供だって馬鹿にした。クラスの子たちにも一人ひとり聞いて回ったらしくて、あれがある子とない子にきっちり分けてね。そして、次の日から、ない子たちをまるっきり無視したの。

「そういう子っているんだよね、どこにでも」

すっかり溶けてしまって食べられなくなったアイスクリームをミル姉さんはゴミ箱に捨てた。

いろんな理屈をつけてはグループを作り、仲間から外した子たちを無視してたし、常に自分中心に振る舞ってた。平均点九十以上、身長一六〇センチ以上、挙げ句の果ては、トラックでも何でも自家用車を持っている家かどうか。そんな幼稚な奴がどうして勉強ができたのか不思議でならない。

その時あたしは、勉強も彼女よりできなかったし、身長も一六〇センチに届かなかったけど、ちっとも引け目なんか感じなかった。むしろあたしの方が彼女をおちょくってやってた。彼女、本当にブスだったから。あたしもちょっと意地悪だったけど。彼女にとっては不細工だってことは致命的だったからね。腕力だって負けはしなかったし。そのオクトルメ顔《おかちめんこ》、ちょっとどかしてくれる？　と、一言言えば、彼女はもう、引っくり返った。それがさあ……。

ミル姉さんの耳がピクッと動いた。

その子の父親が二年前に奥さんを亡くした男やもめだったってことが、あたしにとって致命的だった。その人の新しい女がさ、なーんと、ママだったわけよ。

「あんたのパパは？」

「言わなかったっけ？　あたしが十一の時に逃げちゃったって」

「聞いてない」

「大田《テジョン》市から村の学校に教育実習に来ていた女子大生を追っかけていったらしいの。それも、フランスまで」

「ええっ？　フランス？」

「ほら、また始まった」

「だって、気になるじゃない。ユナが小出しにするからよ。フランスの話なんて初めて聞くんだもの」

「その女子大生がさ、卒業すると逃げちゃったんだって。嫌だって言っているのに、あたしのパパっていう人がしつこく付きまとったらしくて。それってストーカーだよね」

「フランスまで？」

「何がフランスよ。嘘だと思う。親がどこかに匿《かくま》っといて、フランスに留学したって、でたらめ言ったのよ」

「それを真に受けて、ユナのパパはフランスまで行ったってこと？」

「そんなの知らない。戻ってこないから、みんなフランスに行ったと思ったんじゃない」

「女子大生かぁ。その時ユナのパパ、いくつだった？」

「言いたくもない。女子大生に夢中になる前も懲《こ》りずに何度も、あっちの女こっちの女といろいろあったらしいの。ママはその頃にはもうすっかり愛想を尽かしてたし」

「あんなにロマンチックなカップルだったのに？」

「あの人は、そのロマンチックな恋をいつまでも続けたかったんでしょ？　それも、新しい女性とね」

「ふうん。あ、そう」

「病気だと思うよ。そういう病気だってあるよね。もう口にしたくもない」

「ふうん。あ、そう」

「パパに捨てられたと思った時、それだけでも村には居たくなかった。なのに、本当のパパは他にいるというじゃない。本当にもう、そこには居られないと思った、分かるでしょ？　ところがさ、それだけじゃなかったのよ。ママまでそのシヨンの父親と……そういうことになってたわけよ。そんなところで生きていけると思う？　とても生きていけないわよね、絶対に」

「ふうん。あ、そう」

「その『ふうん。あ、そう』って言うの、もういい加減やめてくれない？　何か、気分悪くなる」

「分かった。ごめん」

あたしがパパの子じゃないっていうの。だから、祖母も叔母も、パパが戻ってこないのは、そのせいだと決めつけているようだった。あたしがパパの子じゃないっていう事実は、パパとママが結婚する前からみんな知っていたことだからね。それを承知でパパは、自分の子でもないお腹の子を、自分の子として引き受けると言ったんだって。愛する人の子供だから、自分の子として育てるってね。

パパの実家では、気でも狂ったかと怒ったらしいけど、ママの実家は受け入れることにしたんだって。仕方なかったと思う。だって、嫁入り前の娘のお腹がだんだん膨れてくるんだからさ。そのことでパパは、勘当されたも同然になってたわけ。そんな息子が次々に女をつくって、挙げ句の果てには女子大生を追っかけ、家を飛び出してフランスまで行ったというんだから。まったく面目ないことになったのは確かだけど、でも、パパの実家では、原因を作ったのは嫁の側じゃないかって。そう言ってたみたいよ。あたしがパパの子じゃないってことを持ち出してね。あたしって、そんな人間なのよ、ミル姉さん。

「チョー複雑なんだ」

そんなこともあんなことも、じっと我慢していたけど、ションとのことだけは我慢ならなかった。あの子の父さんも超ダサくてね。ションの父さんのことを思うと、あたしたちを捨てて逃げたパパの方がまだ許せると思ったくらいなんだから。ションの父さんだなんて、他のことはともかく、そのことだけは絶対に我慢できなかった。

まさかと思った。ションの父さんはパパを慕う後輩だったたし、ママのことを姉さん、姉さんと呼んで礼儀正しく接していた人だったから。大学は出てなかったけど、ハウス栽培が当たってお金はけっこうあったらしいの。何かと村で問題が起きると、先頭に立ってまとめていたしね。鄭君という人が事件を起こして逃げた時も、進んでママのお父さんを助けたし、ママとパパの結婚をまとめたのも彼だったんだって。

ちょうどションの父さんも、奥さんを亡くして困っていたところだったから、行き来しているのだろうと思ってた。昔のよしみもあったたし、ご近所でもあるから。なのに、ある日、あのションの奴があたしに何と言ったと思う？

「何て言ったの？」

あんたの母さんに言ってよ。うちのパパに色目使うのやめてくれって。

「はぁ？」

呆れてさ……どうぞご心配なく。あんな不細工な人、トラック一台分ただでくれると言ったってお断りだからね。身の程をわきまえたらどうですかって、お宅の父上に伝えてくれる？　そうは言ってやったけど、怒りは収まらなかった。

学校が終ると、家に飛んで帰って、ママをつかまえて冷静に言ったの。ぐっと我慢して毅然と。あんな男なんかと会わないで。世間の目も少しは考えてよ、と。そうしたら……。

「そしたら？」

何でそんなこと言うの？　あの人いい人なのよ。とか言って、逆にあたしを説得しようとした。ああ、もう恥ずかしいやらムカつくやら悔しいやら。もうこれ以上、こんなところには住めないと思った。そのまま、後ろも振り返らず飛び出してしまったわけよ。

「父さんを探しに家を出たんじゃないんだ……元々は」

ミル姉さんは、顎を突き出して、メタセコイアの木を見上げていた。

「本当のパパがどこにいるかも知らない時だもの」

あたしも顔を上げてメタセコイアの木を見上げた。

枝の間を何羽かの鳥が飛び回っている。木の葉の隙間から青い空と白い雲が見え隠れしていた。

「ミル姉さん、何見てるの?」

あたしが尋ねた。

見上げた姿勢のままでミル姉さんが言った。

「ついでに、もう一つだけ聞いていい?」

16

また何だろう。あたしは黙ってメタセコイアの木を見上げていた。今まで断ってから聞いたことなんてないくせに。ミル姉さんも木を見上げたままだった。二人の前を通り過ぎる人たちがメタセコイアを見上げた。私たちを見ては、メタセコイアを見上げ、メタセコイアを見上げてはまた私たちを見た。

枝と葉っぱ、その間に透ける青い空以外に何も見えない木のてっぺん。首を反らせていたら、そっと眠気が忍び寄ってくる気がした。ミル姉さんは静かだった。寝ちゃったのかな?

その時どういうわけか、ふと支配人の大岡を思い出した。

「それ何なんですか?」

あの日、あたしが大岡に聞いた。雨に濡れながらやってきたアダムスアップルのパーソナリティが銀ダラを肴に日本酒を飲んで雨の中を帰り、店員たちもみんな帰った後だった。本物のお化けみたいな人だったわ。最後に帰る愛子がレストランのドアを出ながら首を左右に振った。

パーソナリティがレストランを出る時、大岡に何かをそっと手渡すのが目に入った。それが何なのか、分かるような気がした。だから、レストランに大岡とあたし二人だけが残った時、単刀直入に尋ねたのだ。何ですか、それ？　って。

「見ちゃった？」

「見えました」

大岡がポケットからそれを取り出した。あたしの顔写真。

「どうしてこれを彼が持ってたんですか」

「変なことに使うようではなかったので……。うーん、でも、ごめん、ユナさん。了解を得ないといけなかった」

あたしもそう思います。前もって言うべきだったと。あたしは大岡から奪うように写真を取りあげた。何だか不満げな表情の写真だったから、余計に不愉快だった。

小林がさ……と言って、大岡はちょっと口をつぐんだ。パーソナリティは小林という名前らしい。思い当たる人がいると言ったんだ。ユナさんが探している人。あくまでも推測だから、写真でも見せたいって言われたもんだから……。

その人はあたしが生まれる前に村を出たんですよ、と言ってやろうとして、やめた。そんなことまで大岡が知る必要はないのだ。

「やっぱり違ってたみたい。写真見せたら知らないと言ったそうだ」

日本中の誰に見せたところで、あたしを知ってる人がいるだろうか。心の中で呟きながら、彼が本当にあたしのパパなら、どこか引きつけられるところがあったんじゃないかと思った。なのに、知らないと言ったそうだから、無関係な人に何の役にも立たない写真を見せたことになったわけだ。

「それって、肖像権の侵害っていうんじゃないですか」

「すまん。悪かった、ユナさん。初めから可能性は低いと思ってたから言わなかったんだけど、それにしても、こういうやり方は良くなかったよな」

「あの、その小林とかいう人、元々ああなんですか？　サイレントモードのお化けみたいな感じ。スタジオで見た時は完璧なチャラチャラモードでしたけど」

「チャラチャラ？」

意地悪で礼儀知らずで、キモくて、チジリで……。なのに今度は他人の事にまで首を突っ込むんですね。ご親切な方だこと。あたしは韓国語を交えてまくしたてた。チジリ？　大岡がおどおどした。

でも、チジリとかの韓国語は、言葉の壁を飛び越え、そのニュアンスがいくらか伝わったようだった。

「小林には元々こうだっていうのがないんだな。駅ビルのスタジオでは軽薄で下品に、長崎全域放送では静かでいくぶん情感を込めて、一人で出歩く時は寡黙なボヘミアン。その全てが自分のペルソナだってさ。だから、あいつの元々の姿がどんなものなのかは俺にも分からない」

「他の放送もやっているんですか」

「長崎全域放送と言ったろう。そこではカツラを使ってる。あの長い髪を短髪カツラの中に隠す技たるや、それこそ神業だね。自衛隊の幹部候補生みたいにビシッと変身するんだ」

「どんな番組ですか？」

「何でもありだね。世界チェスゲーム情報、競馬で儲けるコツ、今日の料理、懐かしいあの頃、半身浴の奇跡、尋ね人、両親に手紙を、みたいなもの。俺は、今日の料理コーナーに出演したのがきっかけであいつと知り合った」

「支配人が番組で料理をなさったんですか？」

大岡がいきなりウァハッハッハと笑った。そう。ユナさんも知ってのとおり、俺の料理の腕なんて、うーん、インチキみたいなものなんだけどな、でもネクストドアの宣伝には大いに役立った。

彼が自分の料理の未熟さをあっさり認めたからか、いきなり笑ったからか、あたしもフッと笑ってしまった。ところでさあ、と彼が続けた。

「ユナさん、怒らないでよ。怖いから」

「怒ってなんかいませんけど」

「いつも何だか俺のこと、怒っているみたいだけど」

そうだっけ……。さあ。そうだとしたら、何でだろう。

写真のこと？　それなら、〈いつも〉じゃなくて〈最近〉と言うはず。もしかして不倫のこと？　叔母との関係はあたしがレストランに来た時から知っているから。モラルとかにこだわっているからではなく、感覚的に何となく引っかかるものがあったのは事実だ。そんなことが無意識の底にあって、微妙に反発していたのかもしれない。

どうせ話が出たついでだ。

「それより、佐藤さんの誤解、何とかしてあげてください」

「淑江？　誤解……って何？」彼は敏感に反応した。

あたしの写真を財布に入れてたじゃないですか。そのことを佐藤さんが気にしてました。支配人があたしのことをメッチャ好き、と誤解しているかもしれませんよ。そう言って、あたしもウァハッハッハと笑った。不倫関係に割り込んだ、もう一人の不倫女みたいな自分がおかしくて痛快だった。

ああ、そう。そうだったのか。そうか。そうだったんだと繰り返し呟いた大岡は、レジのところへスッと駆け寄って受話器を手に取ると、足元に目を落とし小声で話し始めた。

今、外は雨が降っていて、幽霊のように小林が現れて帰ったところなんだけど、その小林がな、ユナさんがお父さんを探していることを知ってな、写真があれば、もしかすると探せるかもしれないって言ったんだ。だから、小林にユナさんの写真をちょっとだけ貸してやってた。ユナさんには内緒でな。お父さんが必ず見つかるっていう保証はないだろう。だからさ。ユナさんの写真を小林に渡そうと財布に入れていたんだ。今、俺はユナさんと一緒にいる。そのことで、ちょっと怒られた。……うん、ここはレストラン……。低く小さかったが、落ち着いたはっきりした声だった。

叔母に、ではなく、姪に言い聞かせているようだった。

「あたしは怒ってなんかいませんけど」

戻ってきた大岡に言った。

「ユナさんは怒ってないけど、怒られたことにしておくよ。俺が悪かったんだから」

「叔母さんじゃなくて姪ごさんにでも話しているようでした」

彼はあたしを三秒ぐらいポカンと見ていた。それから、雨も降っていることだし、温かいお茶でも飲もうか、と言いながら厨房に入っていった。あたしはそのまま座っていた。

外は相変わらず雨が降っている。風もなく降る雨は大地を柔らかく叩き、ビニールの庇《ひさし》に当たる雨音は子供がぐずっているようにも聞こえた。

暗闇は一段と深くなっていた。海面に映る灯りもいっそう玲瓏《れいろう》と輝いている。こんなに遅い時間でなければ、ビニール傘を差して家まで歩くのも悪くはないかも。ビニール傘に当たる雨音を聞きたくなった。

家を飛び出してからは、ビニール傘を差したことがない。そういえば小学生の頃によく差していた。頭の上でタッタッタッと鳴る雨音。憂鬱なのにさわやかな感じだった。さわやかな憂鬱なんて、ビニール傘だけが醸し出せるものではないだろうか。

大岡がお盆を持って足早に戻ってきた。お茶がこぼれそうなのか、猫背の中腰。テーブルに二つのカップを置くと、やっと腰を伸ばした。お茶ではなく、インスタントコーヒーだった。

「お茶よりコーヒーの方がいいと思って……」

何となく自信に満ちた声と表情だ。雨降る夜の零時近く、ガランとしたレストランで自信に満ちることなんてあるのだろうか。まあ、別にいいけど、コーヒーの香りを嗅いだ瞬間、そう、やっぱりコーヒーの方がいい、と呟いた。やがてあたしは、なぜ大岡が自信に満ちた表情をしていたのかを理解した。

「叔母さんじゃないんだよ」

その言い方はまるで、小学生がお母さんに「今日、百点取ったよ」と言っているみたいだった。

その一言が、大岡に抱いていた印象というか、今までの偏見のようなものを一気に揺さぶった。叔母と不倫関係にあると言ってた店の仲間たちに、それは誤解だと、あたしから逆に事実を言ってくれるにちがいないという確信。大岡の自信に満ちた表情はそこからきたのではないだろうか。

長崎にドカンと原爆が落とされた時、淑江の父親は家族をみんな失ったんだ、と大岡が言った。家だけじゃなく、村全体が吹っ飛んだり、崩れ落ちたりした。頑丈な石造りの鳥居さえ半分吹っ飛んだくらいだから。

「トリイって？」

「うん、チジリじゃなくて、鳥居」

「まだ覚えているんですか、その言葉」

「ユナさんがトリイの意味が知りたいように、俺もチジリの意味が知りたかったから」

「言うことや行動が役に立たず、信頼感が持てない人、木偶《でく》の坊、チジリ」

「鳥居は、神社の参道入り口に立てる門」

「分かりました。それで？」

「だから淑江は、淑江の父さんが再婚してから生まれた子供なんだ」

「あの、佐藤さんの話をしているのに、どうして支配人は、原爆がドカンとか、佐藤さんのお父さんのことを話すんですか」

「原爆の影響が淑江にまで及んでいること、それから、うーん、彼女が同和地区の娘だってことを話そうと思ってね。それが順序のような気がして」

同和地区？　順序？　あたしはコーヒーを一口飲んだ。

淑江は俺より三つ年上なんだ。大岡もコーヒーを一口飲んだ。父親の原爆後遺症が原因なのか、小さい時から体が弱くて入学が遅れた。だから俺と同じ学年になった。これは淑江の健康の問題で、もう一つは身分的な問題。同和地区の娘だから。ユナさん、知ってる？　同和地区、つまり被差別部落の人たちは差別されてたってこと。俺の両親はできた人間だけど、そのことに関してだけは頑固なまでに保守的なんだ。恨みたくなるくらい。納得できない。

首をかしげながら、大岡がコーヒーカップを手に取った。

親父と違って叔父は心が広い人でね。淑江は、妻に先立たれた叔父の家で家事を手伝ってる。叔父の方が俺よりも淑江を可愛がっていて、今は俺の味方になって頑固な親父たちを説得してくれてるけど、両親が生きている間はとても解決できそうにないな。こんなことがあるんだ、今のご時勢にも、まったく。

「小学生の頃から淑江さんが好きだったんですか？」

「そりゃそうさ」

「じゃあ、いったい何年目になるんですか？」

「そんなの忘れちゃったよ、ずっと昔からのことだから」

「頑固なところはご両親に似てるみたいですね、支配人は。あっ、ごめんなさい。ちょっと言いすぎました」

「それはたぶん、八千回以上は言われていることだから、もう何ともないよ」

「そんなに淑江さんが好きなんですか？」

「ドキッとするほど可愛いだろう？」

大岡があたしをまっすぐ見ながら言った。全面的な同意を求める眼差し。あたしは慌ててコーヒーカップを手に取った。彼の目を見て、カップを見て、一口飲んだ。まだ大岡はじっとあたしを見つめている。あたしはまた彼の目を見て、カップを見て、一口飲んだ。

あたしが見たところ、正直、ドキッとするほどではなかった。地味で平凡というならまだしも。華奢で腕が細く、特別なところがあるとすれば、肌が透き通るように白いということ。目の下に隈《くま》があるわけじゃないのに、なぜかあるように見える顔。か細い体、陰りのある瞳のせいだろうか。彼女が大岡のそばにいるのを見た時、どうしてこの女性《ひと》は大岡のような男を好きになったんだろうと、不思議に思った覚えがある。三十年であれ半世紀であれ、お互いが好きになる理由なんて、結局は二人にしか分からないことだろうけど。

全面的でなくても、適当に同意ぐらいはしてあげなくちゃと思ってるくせに、あたしはコーヒーばかりチビチビ飲んでいた。これだからいけないんだ、あたしは……心の中で呟きながら。

「野球を勧めたのも淑江だったし、それをやめるように言ったのも淑江だった。料理を習って、このネクストドアを引き受けたらどうかって言ってくれたのもね」

まるで、付き合い始めたばかりの恋人の話をするかのように、彼は高揚していた。間抜けに見えるくらいに。

支配人は、まるで自分の人生の主人公が自分じゃないようですね。あたしがそう言うと、待ってましたとばかりに答えた。

「愛しているから」

電光石火の速さで反応してきたので、あたしは唖然《あぜん》とした。そんなあたしの表情を見て彼が言った。

「俺の人生の主が俺じゃないみたいっていう話、そんな話も八千回ぐらいは聞いてる……」

「ですから、つまり、分からないことばかりです。淑江さんと支配人の超一途な恋もそうだし、ご両親の頑固な反対もそうだし。どこにでもあるような話じゃないですもんね」

「世の中にはいろんなことがある。だから、そんなこともあり得るんだと思うようにしている、今はね。そう考えると、特別なことでもないように思えるしな。全ての愛する人たちに起こり得ることは、自分たちにも起こり得るんだから」

あたしはほんの一瞬、大岡と佐藤のベッドシーンを想像し、罪でも犯したような気がして慌てて打ち消した。個人の歴史を言うなら、あたしだって普通ではない。決して。でも、ちょっと蓋を開けてみれば、世の中ってみんな同じようなもんじゃないだろうか。地面をちょっと掘っただけでも、そこには一平方センチあたり数十万の生命体がそれぞれの不可思議な生き方をしているというんだから。

「じゃ、お酒じゃないけど乾杯」

あたしはコーヒーカップを大岡の前に突き出した。

「お二人の愛と健康のために！」

「ユナさんがお父さんに会えますように」

少し興ざめしたけど、あたしは冷めたコーヒーをぐっと飲み干した。雨は相変わらず降り続いていた。


「ミル姉さん、寝ちゃったの？」

あたしが聞いた。メタセコイアの梢《こずえ》の先をいくつもの雲が流れている。

「寝るわけないじゃん」

「じゃあ、どうして何にも言わないのよ。聞きたいことがあるって言ったでしょ？」

「秋だね。空が高い」

ミル姉さんと同じポーズで空を見上げているのが急に滑稽に思われた。視線を戻して公園を見回した。二十人ほどの外国人の観光客が爆心地の方にゆっくり歩いていた。

「じゃ、あたしが先に聞くね」

ミル姉さんは反応がない。あたしは構わずに言った。

「愛し合う二人がいたの。男の両親の反対が半端じゃなかった。時が流れ、三十を越え、四十を越えても両親の反対は変わらなかった。それでも二人は別れなかった」

そっとミル姉さんの方を見た。聞いているのかどうか相変わらず空を見上げている。首の骨がポッキリと折れでもしたかのように。あたしはお構いなく話を続けた。

「反対の理由は、相手が同和地区の娘だから。女は男に申し訳ないと思って、男と別れようと思った。早いうちに男を自由にしてあげたいと思ってね。ヤクザの女になる決心をし、自分の足でヤクザの親分を訪ねていったらしいの」

えーと、その次……どうだったっけ……、よく思い出せない。

「女性はヤクザの子分に預けられて、えーと、えーと、それから……あたしはヤクザの世界を知らないけど、何か、結婚式のようなものもせずに、小さなマンションでその子分と暮らしたみたい。ところが一カ月も経たないうちに愛する男の元に戻ってきた。一人ではなく、そのヤクザの子分と一緒に。その子分が男のところまで彼女をエスコートして来たわけ。送ってくれたってこと。そして、子分が男に言ったんだって。この女、テメエの女に間違いねえかって。首を縦に振ると、ちょっと来いと、顎をしゃくったんだって」

爆心地に行った二十人ぐらいの外国人観光客が、今度は向きを変えて平和祈念館に向かう階段を上っていた。金髪の女性が二人混じっていた。金髪を見たらスパゲティが食べたくなった。エンジェルへアパスタ。

女を返すから金を寄こせ、という話だろうとヤクザに近付くと、こう耳打ちされたんだって。テメエ、俺に殺されたくなけりゃ、あの女を捨てるんじゃねえぞ。何のことか分からず、男はオロオロしたんでしょう。捨てたんじゃありません……とか何とか言いながら。実際に捨てたんじゃなくて、本人が出ていったんだから。でもヤクザは、男の話なんか聞こうともせずにね、「あの女にはテメエしかいねえんだからヨ。ったく、俺みたいな奴を泣かせやがって」そう言って女を返し、立ち去ったんだって。

そこが知りたいの、あたしは。一体全体、女はどうやってヤクザをそれほどまでに感動させたんでしょう。

「ミル姉さん、分かる？」

「うん、分かる」

意外とあっさり答えが返ってきた。

「どうしたと思う？」

ミル姉さんの答えは続かなかった。

「毎日毎日延々とぽろぽろぽろぽろぽろぽろ涙を流し続けたとか、それともセックスの最中に男の名前を呼んだとか」

やがて、ミル姉さんが空を見ていた視線を下ろすと、あんた誰？　というような目であたしを見た。

「ユナは子供のくせに、どうして考え方だけは骨董品級なの?」

それは自分でもそうだと思う。

「ミル姉さんはどう思う? どうしてヤクザが両手を上げて降参したんだと思う?」

それっぽい純愛物語を期待しているあたしに、ミル姉さんは一言、知らない、と答えた。

「分かるって言ったじゃないよ」

「そんなこと、分かるわけないでしょ」

「でも、分かるって言ったじゃん」

「人の気持ちなんてものはね、ある一瞬で変われる。私はただ、それが分かると言っただけ。立派な理由や物語なんかなくても変わる時がある。今日が明日に変わるのに一秒もかからないのと同じ。月が変わるのも、年が変わるのもみんな一瞬。もしかしたら、彼らの間にちょっとした出来事があったのかもしれない。人の心を一瞬にして変えてしまう大きなものではなくて、意外と些細《ささい》な出来事。だから、女が感動させたというより、その子分自身に既に、変化の引き金になるような個人的な過去とか記憶とか何かがあった。だから変わったとしか考えられないわけ。ちょっと押しただけで倒れちゃう建物だってあるんだから」

「それはそう。倒れない奴は斧で叩き斬っても倒れないもんね」

「だけど、まぁ、子分の心を動かしたのはその女性にちがいないはずよ」

「そういえば、同和地区って何なの?」

「朝鮮史にもあるでしょ? [*14]郷《ヒャン》・所《ソ》・部曲《ブゴク》というのが。そういう地区のことよ。韓国では何百年も前になくなってるけど、ここにはまだ差別が残ってる。病気なんだよ、差別するのって。何につけても差別したがるんだもの」

そう言いながらミル姉さんは、ユナ、もっと正直に言ってみな、と言った。家を飛び出した理由。パパを探しに来たのでもないし、母さんがシヨンの父親と付き合ったからでもないんでしょう? それって全部言い訳なんでしょ?

聞きたいことがあると言って、もったいぶっていたのは、これだったのか。あたしはミル姉さんを見ないで言った。

「言い訳じゃなくて……本当に言い訳じゃないの。でも……そう。あたしって、生まれつき家から飛び出す素質みたいなものがあったんだと思う。ごちゃごちゃして息苦しいとこって大嫌い。自由に歩き回るのが性に合ってるみたい。家を出た後、後悔もしたけど、ほら、こうして戻らずにいるんだもん。生涯駆け回る馬のような宿命なのよ、きっと。パパに似たのかな。でもそれは嫌。誰かに似ているってつまんない。あたしはあたしだから、あたしでいたいと思う。常に外へ出ていこうとするのがあたしだとしても」

「それは分かっててた。せっかく柿田商事の前まで行ったのに、それっきりで、確かめようともしないんだから。お父さん探しだけが目的じゃないんだなぁって思った」

「ああ、お腹すいた。お昼にしない？」あたしが言った。「エンジェルへアパスタが食べたいよ」

ミル姉さんとあたしはベンチから立ち上がった。電停まで下っていく道はきれいで人影もまばらだった。

小さな交差点で信号が青になるのを二人並んで待った。道の向こう側に古びた時計屋があった。ほとんどの時計の針が二時五分を指している。

「あたしも、本当に知りたいことがあるんだけど」

ミル姉さんの方を見ずに、向かい側の時計を見ながらあたしが言った。ミル姉さんもそこを見ていた。ミル姉さんは、どうしてあたしのパパのことにそんなに関心があるわけ？　今まで一貫してそうだもん。

ミル姉さんをチラッと見た。ミル姉さんは相変わらず道の向こうに視線を向けていた。もう、時計を見ているようではなかったけど。

「ユナが家を出た理由を正直に言ってくれたから、私も話しちゃおうかな」

「当然よ」

「じゃあ、もう一つだけ教えてくれる？」

「何を？」

「オクトルメって何？」

「屋上から《オクサンエソ》・落ちた《トルオジン》・味噌玉《メジュ》。オクサンエソ・トルオジン・メジュの頭文字、オク・トル・メ」ミル姉さんはまた首が折れてしまったかのように頭をのけぞらしてハハハハと笑った。そうやって、またしばらく空を見続けるつもりだろうか。

ちょうどその時、青信号に変わったので、あたしたちは仲良く並んで道を渡った。時計たちは二時六分を指していた。

17

木口がまた発つことになった。スクーターに絵の具をいっぱい積んで、またどこかに行くことにしたのだ。

レストランでささやかな送別会を開いた。営業をいつもより三十分早く切り上げて。ここ数日晴れが続いた。今までずっと暑かったり雨が降ってたりしてたのが、まるで嘘のように気温がグンと下がり、乾いた風が吹いていた。木口はこの時を待っていたのだろうか。

佐藤淑江が買ってきたケーキは、お腹いっぱい食べてもまだ半分も残った。なんとマンホールの蓋ぐらいの大きなケーキだったんだもの。それを抱えて入ってきた淑江さん。ケーキで圧死する初の人間になるのではと、心配になるくらい危なっかしかった。

愛子はホールの隅でうとうとしていた。酒を飲めない彼女が、ケーキを肴にシャンパンを三杯も飲んだからだ。

札幌に行くんだって？　大岡が聞いた。留萌《るもい》、稚内《わっかない》方面へ行ってみようと思うんです。ビールのグラスを撫でながら、木口が答えた。適当な壁がなければ、紋別《もんべつ》、知床《しれとこ》まで回ってもいいし。ま、どこにだって壁はありますから、だから行くのでもあるし……筒井が木口をチラッと見た。

秀雄が一切れのケーキを袋に入れて先に帰ったあとだった。秀雄は、昼の間は家で一生懸命受験勉強をし、店にはみんなより一時間ほど遅れて出勤していた。大岡の配慮だった。

勤務時間が一時間も短くなったわけだが、秀雄は自分の仕事の量を減らさなかった。むしろ、もっと多く、よりきれいに皿を磨いた。あたしと目が会うたびに、彼はぱっと明るく笑った。あたしの胸の感触を思い出しているんだろうか？　秀雄があたしを見て笑うたびに、自分の胸を見下ろした。秀雄がちゃんと大学生になってくれたら、感動で胸いっぱいになるんだろうな。

佐藤淑江も、じゃあまた、と言ってレストランを出ていった。彼女の後ろ姿から、写真の心配がなくなった分だけの晴れやかさが感じられた。

明日から出てくるという人は？　と大岡が尋ね、健治です、吉田健治、おっさんぽい奴ですけど、と木口が付け加えた。バカ正直で生真面目なんですよ。グラフィティを俺に教えてくれた奴で、俺とは腐れ縁みたいなもんですね。

木口君みたいに、その吉田君も気が向くとふっと出ていってしまうのか？　大岡は手で風が通り過ぎる仕草をして見せた。万が一、そんなことがあるとしても、それは必ず俺が戻った後になると思います。木口は五本の指で、自分のグラスをくるっと回した。

木口のビールは、すっかり気が抜けてるように見えた。ああやってグラスをいじってばかりいると、ビールが味噌汁みたいに温《ぬる》くなってしまいそう、とあたしは思った。

気が抜けて温くなったビール。レストランの空気も似たようなものだった。誰かが去り、また誰かがやってくる。既に家に帰った者がいれば、これから帰る者がいる。夜の十一時半。今日と明日が昨日と今日に変わろうとする時間。こんな時間なら、少しぐらい寂しくて気が抜けていてもいいような気がした。一日が頭をもたげようとする時刻があれば、その尻尾《しっぽ》を隠そうとする時刻もあるのだから。船から漏れる灯りが静かな海に溶けて、ゆらゆらと眠りについていた。愛子がしゃくり上げた。

「どうした、泣いてるのか?」

大岡があたしを見て、低い声で尋ねた。

「お母さんから手紙が来たみたいです」

だけど、そっとしておきましょうというサインを大岡に送った。

「お母さんに会いたいの、愛子?」

割り込んできたのは木口。愛子は手に持っていた手紙を急いで後ろに隠した。

「お金もだいぶ貯まったんだろうから、お母さんのところへ帰って一緒に暮らすのもいいんじゃない？　俺なんか、稼ぎを全部、絵の具につぎ込んじゃうから、貯金なんてできないけどな」

「帰りたくありません」

愛子の声のトーンが急に高くなった。

「泣いてるからさ、何だか、可哀相になるじゃないか。もう、泣くなよ」

木口がなだめた。

「お母さんは、昔も今もずっと苦労ばかりしていて本当に可哀相。帰るぐらいだったら、お母さんをここに連れてきます。絶対に戻りたくありません、あそこには」

愛子もあたしも、家を飛び出したのは同じだった。帰りたくないのも同じ。ただ、愛子は母さんに会いたがっているけど、あたしはそうじゃない。そこが違う。

たった三杯のシャンパンで、ぐしょぐしょに泣く愛子を、あたしは可哀相だとは思わなかった。ただ、急に彼女に聞いてみたくなった。

ミル姉さんがあたしに聞いたように。「正直に言っちゃいなよ。どうして家を飛び出したの？」って。

その時、レストランのドアがスーッと開いた。小林といったたっけ。アダムスアップルのパーソナリティが入ってきた。どうしてだろう？　いつもこんな時間にゲゲゲの鬼太郎みたいな髪形で現れるのは。愛子が彼を見て、しゃくり上げるのをやめた。

「どうしたんだ、こんな時間に？　もう……店は閉めたけど」

大岡が聞いた。小林はそれには答えずに、筒井の方に歩み寄った。ちっとも寡黙なボヘミアンには見えない。無礼なボヘミアンというならまだしも。

立ちかけていた筒井が、小林が近付くと向かい合って腰かけた。闇取引を交わすヤクザ？　閉店後のレストランに異様な空気が流れた。ニュースが終わり、いよいよ深夜のバラエティが始まる、みたいな妙な活気が。

あたしは愛子のそばに行って座り、彼女の手にあたしの手を重ねた。泣いているのを慰めるためではなく、鬼太郎のような頭の小林に恐怖を感じているようだったからだ。そうやって並んで座っていると、また聞きたくなった。「正直に言っちゃいなよ、家を飛び出した理由を」と。

イタリアンレストランでエンジェルへアパスタを食べたのはミル姉さんだった。白人女性の金髪を見た時はエンジェルへアパスタが食べたかったけど、メニューに書かれたエンジェルへアパスタの写真を見たら、白人女性の髪を思い出した。髪の毛を食べるわけにはいかない気がした。

オッソブーコのリゾット添えがプリンプリンと艶やかで美味しそうだった。ミル姉さんはガツガツと少し意地汚くパスタを食べていた。そうして、一口食べては、それ美味しい？　美味しい？　と繰り返し聞き、あたしのオッソブーコをチラチラと見た。

「自分の分も頼めば」

あたしはつっけんどんに言いながら、皿を自分の胸元に引き寄せた。分けて食べるには、量が少なすぎるんだもの。

ミル姉さんはついに腕をぐっと伸ばし、あたしのオッソブーコに手を出した。

「美味しい。仔牛の肉なんだよね」

あのさ、イギリスではね、と、あたしの表情などまったく気にせず、ミル姉さんが話し続けた。肉が硬くなるからって、仔牛に運動をさせないんだって。木で小さな檻を作ってね、その中に閉じ込めて育てるみたいよ。座ることもできないようにしてね。立って眠り立って食べる。おまけに、鉄分を与えても肉が硬くなって味が落ちるとかで、その檻は鉄釘を使わないで作る。鉄分を摂らせないためにね。仔牛が釘の頭を必死に舐めるからだって。残酷……だけど、イタリアやフランスの美食家のためには仕方ないんでしょうね。イギリスの畜産農家も、そうやって金を稼いでベンツなんか買ったりするんだろうからね。

可哀相な仔牛の話をしながらもミル姉さんは、むしゃむしゃとあたしのオッソブーコを略奪した。ミル姉さんの仕草は、どこか不自然でわざとらしかった。

いつか、家族みんなで食事している時にさ。ミル姉さんがまた手を伸ばし、あたしのオッソブーコを切って食べながら言った。うちの食卓に仔牛の肉が出てたなんて話じゃないのよ。貧しい家だったからそんな物出るわけないし。チャンジャって、ほら、タラの胃袋の塩辛よ。あれが出てたの。明太子じゃなくてチャンジャだよ。

父さんは、炊きたての熱々のご飯にはこれが最高だって、チャンジャをご飯にのせて食べてた。明太子ならまだ良かったかもしれないけど、私は嫌だった。タラの胃袋っていうのが嫌だったし、見た目からして食べる気にならないのよね。塩辛くて、ヌルヌルしてて硬くて。なのに父さんは、それが世の中で一番美味いと言い張った。ムカッとした。腹が立って腹が立って、どうしても収まりがつかなかった。それで家を飛び出して、帰化しちゃったの。

「帰化？」

「うん。私、国籍は日本なの」

「スペイン旅行に行った時は、韓国の大学生じゃなかったっけ？」

この話は嘘に決まってる、ミル姉さんは、桜がきれいだから京都の女子大に入ったなんて、そんな嘘も言ってたんだから。

「韓国の大学生だとは言わなかったでしょ。交換留学生で慶熙《キョンヒ》大学国文科で一年間勉強しただけよ」

「あら、ご両親は日本に住んでいらっしゃるの？」

「二人とも日本で生まれた」

「ミル姉さんの話、どこまでが本当なの？　チャンジャが嫌で帰化を決心したなんて……」

「私もそこが納得いかないの。明太子だったら帰化しなかったってことになるのよね、そうでしょ？」

「他人事みたいに言ってる、ミル姉さんったら」

結局、ミル姉さんはオッソブーコをもう一皿注文した。これって、完璧なチャンジャの色じゃん、とか言いながら。ミル姉さんの口の端に赤いトマトソースがくっついていた。

店員が持ってきたオッソブーコを、ミル姉さんはザクッと半分に切ると、口に押し込み、もぐもぐと適当に噛んでゴクッと飲み込んだ。そんなミル姉さんを呆然と見つめた。食欲が一気に失せた。

唇についたソースを拭こうともせず、ミル姉さんはエンジェルヘアパスタとオッソブーコを代わる代わる口に入れた。

「あとでよく考えてみたらさ」

手でフォークを振り回しながら、口では野菜サラダとピクルスをムシャムシャと噛み、ミル姉さんは喋ることに熱中していた。熱中というか、何かに憑かれてるみたいに。フォークがあたしの顔を引っ掻きそうだ。

チャンジャのせいではなかったの。父さんの「絶対に」という口癖のせいだった。その日も、始末に負えないその「絶対に」という言葉を父さんが口にしたの。ちょうどその時チャンジャを食べていたってわけ。私が虫唾が走るほど嫌だったのは、父さんの「絶対に」という言葉だった。いや、違う。「絶対に」という言葉じゃなくて、「絶対に」を言う父さん。これなら納得いくでしょ？　チャンジャの塩辛ではなく「絶対に」、「絶対に」じゃなくて父さん。そういうこと。

ガツガツ食べるミル姉さんの姿は、おかしくもあり悲しくもあった。思いつくまま喋りまくる話、他人事みたいなその話に妙な真実味があった。ミル姉さんが真面目に真顔で喋る時はどうも信用できなかった。隠そう、秘密にしておこう、という固い意志の殻を突き破り、ついに噴き出る真実。溶岩が噴出すれば地面が揺れる。ミル姉さんが浮わついているように見えるのは、揺れてたからなんだとあたしは思った。そう思うと、じわじわと信頼感が芽生えてきた。

お祖父ちゃんたちの跡を継いであんな片田舎で死ぬまで暮らすんだなんて、父さんが意固地になったのも、「絶対に」という言葉のせいだと思う。絶・対・に、と言うたびに、ミル姉さんはソースのついたフォークで空中を三回、ブスッブスッブスッと突き刺した。規模は小さいけど、宇治のどこかにあるような朝鮮人集落よ、あそこは。なぜそこで死ぬまで暮らさなきゃならないのか、その理由は何も話してくれなかったし、何も言わせなかった。「絶対に」は絶対なんだから。

お祖父ちゃんの故郷が韓国の南、慶尚北道の青松《チョンソン》なのに、私が総連系の朝鮮学校に入学したのも、理由のない「絶対に」のせい。浴衣《ゆかた》を着させてもらえなかったこと、カステラを食べさせてもらえなかったこと、ルーズソックスの禁止も、みんな「絶対に」のせいだった。もう、うんざり。「なぜ」を言わせず、「とにかく絶対」しかなかった。日本人の男の子と付き合うこと、私服で遊びに行くこと、パチンコ屋でアルバイトすることも全部禁止。

本当に、総連系の学校には行きたくなかった。あたしはミル姉さんが韓国史と言わずに朝鮮史と言う理由をその時、初めて理解した。日本で生まれ日本で育ちながら、朝鮮人だということを殊更《ことさら》に主張したくなかった。つらいからとか、ややこしいからではなく、ただ嫌だったの。私たちみたいな人間はさ、総連系の学校に通うからといって、根っからの朝鮮人にはなれないし、帰化したからといって朝鮮人じゃなくなるわけでもないのよ。だから私は、日本人だとか、朝鮮人だとか、別けるのが一番嫌いだった。私が問題にしてないのに、他人に言われるのって、大嫌い。

「食べなよ。どうして食べないの?」

自分のもたくさん残っているのに、ミル姉さんはあたしのオッソブーコを物欲しそうに見た。

「いいよ、食べたかったら。あたしのも全部食べて」

ミル姉さんはニタッと笑った。遠慮しないわよ、といった表情。ちょっと気味悪くなった。

ごく普通に生活していても、朝鮮人はもちろん、日本人も、とてもご親切に朝鮮人として接してくれるのよね。ミル姉さんはハハハと笑ってから、どうしてそんなによく分かっちゃうのか、びっくりするくらい。と言って、つるつるくちゃくちゃと食べ、エンジェルヘアパスタの皿まできれいに舐めた。ああ、美味しい。本当に美味しい……。

うーん、私はね、ただ、私が嫌いなものを嫌いと言い、好きなものを好きと言いたかった。それだけ。帰化すれば、日本人の中に溶け込み、目立たなくなると思った。何か得するだろうなんて思ったことはない。望んだことがあるとすれば、匿名。日本人になりたいと思ったわけでもない。私は私自身でありたいと思っただけ。私はどこかの国、どこかの民族の一員でありたくなかったの、本当に。

せっかく人間として生まれてきたのに、日本人とか朝鮮人とかだけで終わるってのは寂しいじゃない。それは、生まれながらに決まってしまうスタートラインにすぎないだけで、辿《たど》り着くべきゴールではないでしょ？　私は日本人とか朝鮮人とかではなく、インテリアデザイナーとか、腕のいい料理人とかになりたかっただけ。

「ミル姉さんは日本人でも朝鮮人でもない、とあたしは思うよ。どっちだか分かんなくて、こんがらかっちゃうもん。こっちと思うとあっちで、あっちと思うとこっちなのよね。デタラメもやたらと多いし。だからもう、この問題で悩む必要はないんじゃないの」

とあたしが言うと、

「ユナにだって、私は日本人か朝鮮人でしかないし、せいぜいその両方であるか、そのどちらでもない人間にすぎないでしょ？　いつもその囲いから抜け出せないのが私なのよ。その外側にいる人間でありたいのにね。韓国に行くと、もう一つくっつくのよね。在日同胞って」

ミル姉さんが言った。つるつるくちゃくちゃ音を立てて食べながら。レストランに流れるモーニング娘の「I WISH」に肩まで揺らしながら。

ところでさ、もっと面白い話をしてあげようか？　と、ミル姉さんがあたしをまっすぐ見つめた。これまでの話だって別に面白くなかったけど、と言いたいところを我慢して頷いた。とっくに食欲はなくなっていた。しょうがない、聞いてあげないわけにはいかないか、と思うと、あたしの方がはるかにお姉さんのような気がした。

ミル姉さんの話は、あれこれと筋もなく、まとまりもなく続いた。ユナは自分勝手で冷たい！　偉そうなこと言ったりしてさ、などと、わけもなくあたしにケチをつけたりした。流れてくる曲の歌手や歌詞にいちいち突っかかっては文句をつけた。そうしながら、ぶつぶつと自分の話をした。皿をフォークで引っ掻きながら、まったくふざけた口調で。隣の犬が死んだんだって、みたいな調子で。

それでさ、ある日ふと気が付いたの。私ってさ、一度も「すみません」っていう言葉を使ったことないなぁって。アハハと笑ってから、ミル姉さんは続けた。そのことに気付いたのがさ、つい三年前なのよ。だから、二十二年も「すみません」って言わずに生きてきたってこと。ほんと不思議！　そう思わない？　信じられないでしょ？　ミル姉さんに同意を求められたけど、あたしは別にそれには答えなかった。信じられないでしょうけど、事実なの。彼女が続けた。どうして私は「すみません」って言えなかったんだろうかと考えてみた。誰かに謝らなきゃならないような過ちが、これまでなかった？　とんでもない。そうでしょ？　結局は、謝らなかったか、謝れなかったか、どっちかだけど、謝れなかったのが正解ね。なぜなら、正直、申し訳ないと思ったことはたくさんあったからさ。本当に心から申し訳ないって思うことが多かったもん。なのに、言えなかった。なぜかって？　何となく、なぜかできなかった。敢《あ》えて言い訳をすれば、口が開かなかったとしか言いようがないけど、癖だとも言えないし、何と言えばいいんだろう。

おかしな話よね、まったく。と言いながら彼女はまたアハハと笑った。でも私みたいな人間は他にもいると思う。そんな人たちの弁護も兼ねて一人で考えてみたの。どうして、すみませんって言えないんだろうかってね。

その一、他人にとっては何てことない簡単なことが、死んでもできない場合。

錠剤を飲み込めない人がいるでしょ。いい大人がそんなこともできないのかって、思われがちだけど、大変なことなんだよね、本人にとっては。

その二、すみませんって謝ると、すぐに謝るようなことを何でやったのかって、責められはしないか怖くなる場合ね。責められたらもう返す言葉がないでしょ？　謝るのにそこまで考える必要があるかって言われるかもしれないけど、これがまた難しい問題なのよ。

その三、相手に謝ることより、どうしてあんなバカなことをしたんだろうかと、猛烈な自己反省だけで頭が真っ白になっちゃう場合。そういう性格なわけよ。ぐずぐずしているうちに謝るタイミングを逃してしまう。あとから謝るのはもっと失礼なんじゃないかと思えて、結局言えずじまいになってしまう。

まぁ、こんなことじゃ、ケシ粒ほどの言い訳にもならないでしょうけど。でも、過ちを認めていないわけでもないし、謝る気持ちがないわけでもないのに、結果的には謝れない人間なんだからさ、病的なほどの臆病者とは言えても、悪い人間じゃないなぁ、って思った。

そう思ったらさ。そう言って、ミル姉さんは目をパッと開けた。その時初めて、誰かに謝ることができそうな気がしたの。謝る時は、相手がどう受け取るかなんて考えずに謝るべきだって。素直に謝ればいいんだって。……そう思った瞬間、真っ先に浮かんだのが誰だか分かる？

「誰なの？」

父さんだった。どうして父さんなんだろうと、また考えた。父さんに何を謝るべきなのかって。家出？　帰化？　二つとも違うと思った。父さんが事あるごとに「絶対に」と言ったのは、つまり、私が「ごめんなさい」と言えなかったことと同じことだったのよね。

父さんは、何かから逃げたい時とか、本音を言えず隠したい時に、口癖のように「絶対に」を言ってたのよ。自分で選んだわけでもないのに、否定すらできない祖国とか民族とか、日本に対する恨みとか、長い貧乏生活みたいな、そんなものから逃げたい時に、「絶対に」と言って臆病な自分を支えていたんだと思う。必死に。悲しくも。

ユナ、あの子たちの歌好き？　ミル姉さんが、歌が流れてくるスピーカーの方をフォークで指しながら言った。謝りたかったなぁ、父さんに。理屈抜きで。父さんの「絶対に」と悲しみを理解できなかったこと、理解しようともしなかったこと。結局、謝れなかった。父さんはもう、四年前に亡くなっちゃったのよ。会いたいなあ。

そう言ってミル姉さんは、ああ、食べすぎたみたい、と席を立った。トイレはどこです？　と、威勢良く店員に聞き、指差された方にのっしのっしと歩いていった。あたしは恥ずかしくてうつむいた。

食べた物を全部出してしまうつもりらしい。ブリブリ。あたしは、下痢しているミル姉さんの姿を想像して、ちょっと痛快な気分になった。ミル姉さんのプリプリした可愛いお尻も、下痢じゃね。

窓の外の空は高かった。午後四時の日差しがテーブルの上までそっと忍びこんでいた。暑くもなく刺すようでもない日差しだ。

四曲ほどの歌が終わり、ラルクアンシエルの「Honey」が流れてきた時、あたしも席を立った。ミル姉さんのトイレが余りにも長すぎる気がしたからだ。イタリアンレストランならヴィバルディぐらいは流さないと、と思いながら、静かに歩いてトイレに行った。トントン。ノックしたが何の応答もない。

「ミル姉さん？」

ドアに耳を当てた。

「中にいるの？」

静かだったが、気配は感じられた。

「大丈夫？」

ドアが開いた。

ミル姉さんはお尻を天井に向け、顔を便器の中に突っ込んでいた。お尻ではなく、口から全てを吐き出していた。

ゲボッ。吐くたびに真っ赤なソースがほとばしり、酸っぱい臭いが鼻を突いた。顔は真っ青だった。

思ったより赤裸々ね。ミル姉さんの充血した目と、ぐちゃぐちゃになったマスカラを見ながら、あたしは皮肉った。

ミル姉さんの背中が波打った。吐き出す物と一緒になって、苦痛で歪んだ声が漏れてきた。

「私、何でまだこうなの?」

ミル姉さんの背中をひっぱたいてやりたかった。

「私、何でまだこうなんだろう……」

泣きじゃくるミル姉さんの背中を、さすってやるしかなかった。ちょっと触れただけで倒れてしまう建物のようで、そおっと、そおっと。

大岡が小林と筒井が座っているテーブルの方にゆっくりと歩いていった。ケーキの皿を持って。

「話し合いはうまくいってる? 小康状態? 見送り? 決裂?」

小林も筒井も何も言わなかった。

「こんな時はさ、甘いものを食べると力が出るんだよ」

と大岡が言った。

二人ともケーキには見向きもしなかった。

小林と筒井。二人とも声が小さかったのでよく聞き取れなかったが、小林が筒井に番組出演を求めていることは分かった。プロデューサーや構成作家もいるはずなのに、司会者が出演交渉に直接乗り出す理由は何だろうか。しかもこんな遅い時間にやってきて。

アダムスアップルだったら、絶、対、に、ダメよ、筒井さん！　さっきから叫びたいのを、あたしはやっとの思いで我慢していた。

しばらく沈黙が続いた後、筒井が顔を上げて言った。

「料理で出るなら構いませんが、他のことでならお断りします」

とても丁寧な言い方だった。

「筒井君を料理コーナーに出すの？　この前、俺が出たのにまた？　ネクストドアばっかりが儲かるのもなあ、ちょっと悪くない？」

大岡がはしゃいでみせた。幸いアダムスアップルではないようだった。

「料理コーナーじゃなくてですね」

　小林が言った。

「そうだよなあ。うちの店からまた料理コーナーに出るのはちょっと。出るとしても、ネクストドアという店名は伏せないとな。うちの店がまた紹介されたら、ここ出島ワープで俺は仲間外れにされちゃうよ」

　大岡はわざとらしくハッハッハッと笑った。彼の不自然な笑いを二度も聞くなんて。小林と筒井の間に流れる冷ややかな空気に何となくぎこちなさを感じていたのは、あたしも愛子も同じだった。大岡の笑いは二人の間に流れる空気を変えることに失敗し、店内は依然としてよそよそしい雰囲気のままだった。

　佐藤淑江が、押し潰されそうなくらい巨大なケーキを抱えて入ってきた。それを受け取ってテーブルに置いたのはあたしだった。ケーキの箱をテーブルに置き、腰を伸ばすと、淑江の姿が消えていた。本当に押し潰されちゃったのかなと辺りを見回したら、あたしの顎のすぐ下に淑江の頭があった。頭のてっぺんの髪の分け目が白く光っていた。

「すみませんでしたっ！」

腰を九十度に曲げたまましばらく身動きもしない淑江。日本人のこんな謝り方って、本当に嫌だな。あたしは心の中で呟いた。どうしろというの。謝罪を受け入れなかったら、切腹でもするというのだろうか。

その時、大岡がハッハッハッと笑ったのだ。ぎこちない雰囲気を何とか取り繕おうとする大岡の笑いがうっとうしく響いた。それよりはむしろ、淑江の態度の方がずっとましだ。何となくうやむやに、見え透いた笑いでごまかすよりは、大げさに見えてもストレートな謝罪の方が潔くていいじゃないか。

たかが写真ぐらいのことで、朝早くから電話をかけたりして失礼なことをしたという、思いつめた率直な自己反省が伝わってきたし、腰を九十度に曲げたまま身じろぎもせず、たった一言で表す謝罪には、曖昧な笑いとか十や二十の言葉よりずっと重い、ずっしりした質量感があったから。

子供のように小柄だが、母さんより年上の人が、二十一歳の小娘の前で翁草《おきなぐさ》の花のように頭《こうべ》を垂れた姿が余りにも不自然に思えて、とんでもありません、と慌てて言った。写真の件はこうして落着した。本当に謝らなきゃならない人は、大岡か小林なのかもしれない。ひょっとして、あの小林とかいう無礼なボヘミアンは、筒井にも同じような非礼なふるまいをしているのではないだろうか。

「それじゃ、僕はこれで」

筒井が立ち上がった。うつむいたままドアのところまで行くと、また明日、と小さく手を振った。

「これで決裂？　何のコーナーに出てくれと言ったんだ？」

大岡が聞いた。

「人生経験を語るコーナーです。今まで経験したことをただ喋るだけでいい番組なんですけどね」

小林が答えた。

「筒井はまだ二十三になったばかりだよ。二十三の若者が、そんなこと頼まれたら、そりゃ、嫌だろうよ。急に爺《じじい》にでもなったような気分だったろうな。あいつ……」

「札幌にいる友達に聞いたけど、あの筒井君って人、若いけど、いろんな物語を持っているんですよ」

「筒井は札幌出身だったんですか？」

気の抜けたビールのグラスを撫で回していた木口が驚きの声をあげ、筒井が消えたドアの外の暗闇を目で追った。もっと早く知ってたらいろいろ聞きたいことがあったのに……。ああ、残念。明日出発だもんな、と言いながら。

「早くに故郷を離れて、日本中を渡り歩いているけど、故郷ではちょっとばかり名が知れていたんです」

小林が言った。長い髪に隠されていて気付かなかったが、彼は意外と深い目をしていた。アダムスアップルで見たチャラチャラ男じゃないように思えた。

「そうか。俺は、あの筒井君が二十三歳だということ、年のわりにずっしりとした経歴を持っているってこと、料理の味に絶妙な深みがあるってことぐらいしか知らないからな」

「それは、全て筒井君の特異な生い立ちと関連があるんでしょう」

小林はケーキの上のチェリーをつまんでゆっくり口に運んだ。

父と祖父、その祖父の父も寿命を全うできなかったこととか、罪を着せられ殺されたり、捕らえられて行方知れずになったりしたことを覚えている筒井君としては、生きるだけで大変な思いをしたんだと思いますよ。

小学校もまともに通えなかったそうですから。かなりひどいいじめにもあったらしいけど、決して屈したり妥協したりしなかったそうです。十歳の時には既に一人前の料理人になってたというから、並大抵の覚悟じゃなかったんでしょう。

「殺されたり、捕らえられたり？」

アイヌなんです。小林は、チェリーをゴクッと飲み込んだ。いまだに和人を支配者とか征服者と思っているんじゃないですか、彼らは。日本人という言葉も口にしないと思いますよ、筒井君は。和人に本土へ連れてこられて、過酷な労働をさせられたうえに、賃金ももらえなかった。家族のもとに戻ることもできずに死んだり、行方不明になったままの人が大勢いたことは事実ですから。ほとんど忘れられてるし、存在しなくなったかのように思われてるけど、それでも筒井君は生きているし、生きているから、それは忘れられないことだし、忘れられてはならないことでもありますしね。

「そんなことを放送で話せなんて、ひどすぎないか？」

彼らの存在を自ら語ってもらおうという企画なんですよ。つらくて苦しかった日々を包み隠さず話してもらって、社会に知らしめる。それだけじゃなくて、アイヌとしてのアイデンティティを自ら問いかけてみる機会を作ろうってことです。それには、筒井君ほどの適任者はいないんですよ。友達に調べてもらったところ、筒井君は、彼らアイヌの現住所、今、彼らが置かれている位置を、統合的、具体的、象徴的に見せてくれる最も相応《ふさわ》しい人物なんです。今まで僕が会ったアイヌの誰よりも。皆さんも彼の話を直接聞けば、きっと驚くと思いますよ。

「そうか。うん、なら、分かった。分かったけどなあ、慶次郎」

大岡はケーキのクリームをフォークですくって舐めながら言った。食べるとか味わっているようではなかった。

「でも、それってさ、ありふれたパターンじゃないか？　俺は、そんな話にはみんな食傷気味だと思うよ。まぁ、話なんて、人それぞれ違うんだから、聞いてみる価値はあるんだろうけどさ。でも、慶次郎が言う、その存在とかアイデンティティとかいう言葉もそうだし、慶次郎が筒井君をスタジオに呼ぼうとする理由というか、意図というか、そういうのは正直、新鮮ではないと思うよ。似たようなやり方、多いだろ？　同じような企画、使い古しのテーマで、人物だけを替えて喋らせるみたいな……筒井君という人間が、ややもすると使い捨ての道具になってしまう恐れもあるよな。慎重にした方がいいんじゃないか」

小林の語り口はまったくアダムスアップルの司会者とは違ってた。大岡もいつもの大岡には見えなかった。真夜中のせいだろうか。

「あたしは韓国人ですけど、もし日本人から、韓国人のアイデンティティについて真剣に考えろなんて言われたら、『大きなお世話です』って言いますね」

あたしも真夜中なのをいいことにして割って入った。

「それは簡単に言えば、あなたはあなたで、私は私、ってことでしょ？　私は日本人で、あなたは韓国人、私は日本人で、あなたはアイヌ、そう別けておいて差別する。そうでしょう?」

小林と大岡の目が丸くなった。

「境界をはっきりさせて、わざわざ名前を付ける、そんな必要があるんですか」

あたしは、筒井の小さな部屋にぎっしり詰まっていた名の無きものたちを思い浮かべた。「韓国人、日本人、アイヌと、それぞれに名前を付けておけば、区別はしやすいでしょうけど、でも、その時から差別が始まるんじゃないですか。筒井さんに、お前はアイヌだ、アイヌだって言わないでください。彼は自分から一度もアイヌだって言ってないんですから。彼は二十三歳の、ネクストドアの立派な料理人です。シェフです。でも、あたしたち誰も筒井さんのことをシェフ、シェフという名前で呼ばないじゃないですか。彼が望まないから。彼はシェフでもありますけど、それ以外の何かでもありますから。名前を付けることは必要でしょうけど、危うい面もあると思うんです。特に差別が起こりやすいところでは。差別って、よく考えてみると、何かに対する恐れとか不安とかが原因で、卑怯になった時に出る行動じゃないかって、あたしは思うんです。和を強要して、目立つ人とか自分たちと違う人を押さえつけたり、差別したりするのって、弱さとか後ろめたさを正当化しようとする卑怯なことじゃないでしょうか。日本という国は、差別やいじめが多い国だという印象をあたしは持っています。こんなこと言ったら、日本人という名前で呼ばれる人たちは嫌がるかもしれませんけど」

　ここで口をつぐんでしまった。お父さんという名前で呼ばれる存在、それは、あたしにとって何なんだろう？　という思いが胸の奥から込み上げてきたからだ。愛子があたしの手をしっかりと握り返した。その時まであたしは、愛子の手を握ったままだったのだ。

「空気がちょっとおかしくなってきたな」

　木口がにやにやしながら立ちあがった。俺の送別会だと思っていたのに、何か真剣な話になっちゃって。と、相変わらずにやにやしながら言った。

　本当におかしくなっちゃった、と思って、あたしは木口に照れ笑いを返した。ああ、いいんだ。どうせ戻ってくるんだから。そう言いながら彼はドアを開けて出て行った。蝶のようにヒラヒラ手を振りながら。ああ、札幌だって分かってたら、聞きたいことがあったのになあ。と、ぶつぶつ言いながら。

18

psheeee・・夜だったの。少し欠けてはいたけど、満月に近い月が出ていた。きっとすごく明るかったんだと思う。気持ちの余裕なんてなかったはずなのに、月明かりのことを今でも覚えているのをみると。真夜中なのに、雲は餅のように白く、空は明るい藍色をしていた。その空の真ん中で皓々《こうこう》と輝く月。

その年は特に雨が多かった。二カ月近くもずっと雨が降り続いてたから。元々その時期は雨が多いし、お陰で田舎では農作業をちょっと休んだりできるから、長雨ぐらい別にどうってことなかった。いつものことだもの。でも、その年はいつもより長すぎたから、ああ、もううんざり。いい加減にやんでくれないかな、なんて、みんな口々に言っていた。洗濯物は乾かないし、藁束にはヤスデが出るし、食べ残しには黒カビが生えるし。

脱色剤の臭いがなかなか抜けないので、なめし作業をしている職人たちは、ほとんど窒息寸前になっていた。農作業なら、雨を理由に休み休みできるし、ついでにドジョウなんか捕って料理して食べることもできるけど、雨だからって、脱色作業をやめるわけにはいかなかった。冬に出荷する商品を、その時期までに全部作っておかなきゃならなかったから。

私も仕事を手伝わされた。一日やっただけでも動物の腐った臭いが染みつくのよね。でも仕方がないでしょう。父さんや母さんまで加わらなければならないほど忙しかったんだから。

そんなある日、鬱陶《うっとう》しかった雨がピタッとやんだかと思うと、いきなりヒュッと寒くなった。涼しくなるんじゃなくて寒くなったのよ。刀でバサっと切られたように気温がストンと落ちたの。まぁ、元々標高の高い土地だからでしょうけどね。疲れがいっぺんに襲ってきた。夏の間に相当溜まってたんだと思う。雨が降ると寝付きも悪くなるでしょ？　じめじめ暑くて、寝ても寝た気がしなかったんだから。

雨がやんで二日目には、もう秋になってた。涼しくて空気もカラッと乾いていて、久しぶりにぐっすり眠れそうな気がした。寝床に入って横になると、上になった脚が下の脚の膝をじわっと押してくる感触でさえ、うっとりするほど気持ち良かったの。誰かに殴られたとしても起きたくないくらい気持ち良かったし、本当に誰かが自分を負《お》ぶって行ったとしても気付かないぐらいに深い眠りに落ちていた。韓彬は今何してるんだろう。こんな私を負ぶって、どこか逃げてくれればいいのに、まったく。なんて恨みごとを言いながら。

熟睡してたんだから途中で目が覚めるはずないのに、なぜか不意に目が覚めちゃったの。ほっぺにビンタでも食らわない限り目が覚めるはずないのに、何でだろう、なんて思う余裕もなく、とにかく眠たくて眠たくて……。ムニャムニャ、そのまま目を閉じて寝ようとすると、誰かが私の肩を触った。

触られたって感じ。ビックリして起き上がらなきゃならないのに、何しろ気持ち良く寝てたから、もう煩わしくて、このまま寝かせてよって感じで寝返りを打った。そしたらまた触れてきた。何なの？　鉛のように重い瞼を開けた。

真っ黒な人。真っ黒い人影が、私を見下ろしていた。泥棒が梁の上から飛び降りてきたんだろうか？　一目で男だって分かった。女の子が一人寝ている部屋に男が忍び込んだんだから、目的は知れたことじゃない？　すっかり目が覚めたわけではなかったけど、何とか頭は回転していた。動きが鈍くてとっさには体が動かなかったけど。

ああっ、と声になる前に大きな手が私の口をギュウッと塞《ふさ》いだ。ああ、もう終わりだ。怖くてたまらないのに、口を塞いでいる男の手から脱色剤の臭いがふうっと鼻に入った。職人の中の一人？　助かるかもしれない。誰だろう？　モーターのように頭の中が猛スピードで回転した。

息苦しくなって脚をばたつかせると、口を塞いでいた手が外れた。ハッハッ。息を切らしながらとっさに聞いた。誰？　脱色剤の臭いがするんだけど。うちの職人でしょ？　私の声が大きかったのか、黒い男はまた口を塞いだ。そしてすぐ手を外して、また塞いで。この繰り返し。私が何も言わなくなると、それ以上は口を塞がなかった。

月明かりに照らされた障子戸が蛍光灯のように明るかったから、その障子戸を背にした男の顔が見えないのよ。その黒い男は、私の息遣いが落ち着くまでおとなしくしていた。目が暗闇に慣れてくると、やっと男の顔が見えた。ユナは、誰だかもう分かったでしょ？　お祖母さんや叔母さんに聞いたでしょうから。そう、鄭君だった。

驚いたというより、とても寂しかった。人はみんな彼を人殺しの前科者と言って、除け者にしていたけど、私はそうしなかったのに。そうしたくなかったのに。一緒に町に出たのも数えきれないじゃない。韓彬に会う時も助けてくれたし。

彼に犯されるのが怖いのではなく、人を見る目がなかった自分にがっかりしたというか、彼に対する失望感というか、とにかく、一気に力が抜けた。そうか。なら、どうぞ。あんたの好きなようにしなさい。人を見損なって信じ込んでた私が悪いんだから、甘んじて受けましょう。そんな気持ちだった。でも正直、惨めな気分だったね。最悪のことだけは免れなければ。すきを見て、障子戸を突き破ってでも逃げてやると思った。

顔を見られてしまった犯人は、ますます残忍になるっていうじゃない。ところが彼は私のそばにただ座ったままで身じろぎもしなかった。気付かれるのを待っているかのように。

これ、どういうことですか？　私は唾を飲み込んで低い声で聞いた。彼が静かに顔を上げて私を見たの。暗闇の中だったけど、なぜか彼の表情が悲しそうに見えた。どうしてですか？　また尋ねた。

僕、こうする……資格……あると思うんです。彼が消え入るような声で言った。資格？　何の資格よ？　私はその言葉を反芻《はんすう》してみた。呆れて言葉も出なかった。今まで私に親切にしてくれたり、自転車に乗せてくれたり、韓彬に会うのを内緒にしてくれたり、その見返りのことを言ってるのかしら。笑わせるじゃない。つまり、こんな企みがあって私に親切にしてくれたってこと？　それを私はありがたく思ってたってこと？　資格だなんて、犬にでもくれてやればいい。

この程度の人間だったのかと思うと、怖くて震えるどころか、おかしくて情けなくなった。呆れ果てて、どうしようもなく笑いが込み上げてきた。こんな人間に犯されるくらいなら、舌を噛み切ってやる。いや違う、何で私が自分の舌を噛み切らなきゃならないの？　こいつの喉を噛み切ってやる、と身構えた。ところが、彼は座り込んだままで動こうとしないのよね。

そうか、じゃあ、こうやって夜を明かそうじゃない。どうせ夜が明けたら逃げ出すだろうから。襲いかかってきたら、その時は喉を噛み切ってやると覚悟を決めて身構えていると、二人の気配に目が覚めたのか、庭のシロがワン！　と吠えた。

シロが吠えるのを聞いて、よしこれだと思った。あのシロを何とかしてもっと吠えさせる手はないんだろうか。私が声をあげると、また口を塞ぐだろうけど、どんなことでもしなければと知恵を絞った。

でも、その必要はなかった。シロが吠えると、鄭君がチィィーッと変な声を出したから。静かにしろ、っていうつもりだったんだろうけど、シロはますます激しく吠えた。私の耳にも鄭君の声は猫の唸《うな》り声みたいに聞こえたもの。猫が危険を感じると、毛を逆立て口を大きく開けて唸るでしょ？　まるでそんな声だったからね。

　そういう声って、犬を刺激するじゃない。犬と猫は仲が悪いんだから。でも鄭君はずっと馬鹿みたいに、チィッ！　チィッ！　って言うわけ。本当に馬鹿だよね、親切の見返りに体を求めて忍び込むくらいの奴だもの。空のお月様だって呆れて笑ってたと思うよ。

　犬の吠え声は更に大きくなり、とうとう怒り狂ったように吠えだした。もうすぐ母屋から父さん母さんが飛び出してくるにちがいない。でも、不思議と鄭君は、そんな状況だというのに、障子戸を背に座ったまま動こうとしなかったの。

　やっと父さん母さんの声が聞こえた。こら、シロ！　うるさい！　と、叱る声がはっきりと聞こえてきた。犬は吠え続けてくれた。どうしたんだ、この馬鹿犬！と言いながら父さんが中庭を横切ってこちらに来る気配がした。もうここら辺で鄭君は逃げ出さないとまずいでしょ？　なのに、この阿呆ときたら、身動き一つしないでいるのよ。あれ？　おかしい。どうして逃げないんだろう、こいつ。

　当然、シロは私の部屋に向かって吠えていたはず。父さんの足音がだんだん近付いてきた。いつ逃げるつもりなんだろう。私は熊のように蹲《うずくま》っている鄭君を見つめていた。思いを寄せていた女を無理やりにでも抱くつもりだったなら、どうしてだろう。彼がしたことといえば、私の肩を揺すり、何度か口を塞いだだけ。あとは、置物みたいにおとなしく座っていただけだもの。

バタッと戸が開いた。父さんよりも先に月の明かりがさあっと一気に差し込んだ。まぶしくて思わず目をつむった。部屋が真昼のように明るくなったから。父さんが、誰だ！　って叫んだ。

目を開けると、月明かりを背にした黒くて大きな父さんの姿。障子戸が小さかったこともあって、出口は隙間なくきっちり塞がっているように見えた。鄭君が逃げる余地なんかないように。だから、絶対に逃げられないと思った。なのに彼は、バネのように跳び上がり、出口を塞いでいた父さんをガバッと押しのけると、外に飛び出した。

その拍子に父さんは仰向けに引っくり返った。でも、男が鄭君だってことは分かったはず。鄭君は靴脱ぎ石にあった自分の靴を引っ掴《つか》んで逃げ出した。人の部屋に忍び込む奴が、自分の靴を隠さないなんて、あり得る？　間が抜けてるにも程があると思わない？　ドジな奴……奴の靴、父さんもしっかり見たはずだから。

考えようによっては、私が奴を誘い込んだと誤解されるところじゃない。そうでなくても惨めで死んでしまいたいくらいなのに、父さんにまで誤解されたらどうするのよ、私は。

父さんは一旦は奴を追いかけようとした。けれど、年からして勝てっこないわけよ。おまけに、仰向けに引っくり返った直後だったから、まだ足がよろよろしてたの。

鄭君はその時既に、庭先の柿の木の下をくぐり抜け、野菜畑を横切っていた。父さんは柿の木までたどり着く前に息を切らしていたし。私は私で、魂が抜けたように二人を眺めていた。放心状態だったからかしら、周りの風景が絵のように見えたの。

庭先の柿の木は、葉が生い茂っていて、左右対称に丸く均整の取れた凛とした姿で立っていた。ユナも知ってるでしょ？　柿の葉の表面は元々つやつやしてるんだよね。その柿の葉が皓々とした月明かりに照らされ、うるうると光っていたせいかもしれない。どうしてもこれは現実ではないような気がした。とんでもない夢。そう、夢であってほしいと思った。

うるうる光る凜とした柿の木、銀粉を撒き散らしたような庭、月明かりで星一つ見えない蒼い空、そして真っ白な雲の塊。そんなものが一斉に目に押し寄せてきて、体の芯まで沁み入るのよね。寒さのせいなのか、悪夢のような非現実感のせいなのか、私の脚はただガクガクと震えていた。

柿の木が大きかったから、その下で息を切らしている父さんの後ろ姿はとても小さく見えたの。鄭君の姿はまるで月の中に逃げ込んだかのように跡形もなく消えていたし。畑には一面の野菜。風さえなかった。いつの間にか、シロも静かになっていた。こんな時だというのに、なんて美しい風景なんだろうと思った。私の頭、どうかしてたのかもしれない。

戻ってきた父さんは何も言わず、でも、すばやく部屋の中を見回し、私の服が乱れてないか確かめた。そんな父さんの目が怖かったけど、どこか悲しくも見えたね。さあ、母さんの部屋で休みなさい。父さんは優しい声で静かに言った。まるで何事もなかったかのように、何でもないかのように。ショックを受けたであろう私を気遣っていたんだと思う。そう。ショックだったし、混乱してたし、最悪だった。でも、大したことなかったのは間違いないから。

私は母さんの部屋に入って、オンドルの一番暖かいところで横になった。父さんも母さんも何も聞かなかった。そのまま、じっと目をつむり寝てしまえば、夜中にあったことなど夢になってしまう、そうなることを願った。私も両親も。そのことを知っていたのは、私たち家族以外にはシロだけだったから。

暖かい寝床に入って目をつむっていたけど、当然、眠れなかった。時々母さんの押し殺した溜息が聞こえた。母さんも父さんも眠れなかったのよ。並大抵の驚きじゃなかったでしょうから。暗闇の中で両親の波打つ心臓の鼓動が、聞こえはしなかったけど、見えるような気がした。

分からないことが二つあった。鄭君はどうして私を起こしておきながら何にもしなかったんだろう。できなかったのじゃなくて、しなかった、そんな感じだったから。私に何か密かに伝えたいことでもあったのだろうか。それなら昼間だっていくらでもチャンスはあったはず。

真夜中に、女の子一人寝ている部屋に男が忍び込んだんだから、目的は一つしかないと身構えていたのに、彼はただ座り込んでいただけだった。いざ私を前にして気持ちが変わってしまったのだろうか。それとも、今までの信頼関係が頭をよぎったのだろうか。さっぱり見当がつかなかった。靴を隠さず、靴脱ぎ石の上にきちんと揃えておいたことも、資格があるって言った彼の言葉の意味も。真夜中に忍び込んで何をするつもりだったんだろう。いくら考えても資格という言葉とはつながらなかった。資格？　何の資格？

あれこれ考えて寝付けず、東の空が白む頃まで寝返りばかり打っていた。一睡もできなかったんだから、悪い夢ではなく現実だったわけよ。夢じゃなかったからこんなふうに長々とあんたにメールしているんだろうけど。

結局、私は妊娠したの。驚かないでね。そうね、あんたは驚かないかもしれない。とっくにお祖母さんや叔母さん、お喋りな村の人たちから聞いていたでしょうから。ユナは韓彬の娘じゃなく鄭民泰《ミンテ》の娘だと。私の両親までそう思っていたからね。

でも、今度は本当に驚く準備をしてね。ユナ、しっかり聞くのよ。実はあんたは、鄭君、つまり鄭民泰の娘ではなく、韓彬の娘だってこと。言ったでしょう、鄭君は私の部屋に忍び込みはしたけど、何もしなかったって。もう一度はっきり言うけど、ユナは鄭君の娘じゃなくて、間違いなく韓彬の娘だからね。誰も信じてくれなかったけど。でも、これが嘘なら、韓彬が真っ先に疑って認めなかったはずよね。でも、他の人は認めなくても、韓彬は認めないわけにはいかなかった。あの月夜の騒ぎ以前に既に、私はユナを妊娠していたんだもの。私も、もちろんユナのパパも知っていたから。

鄭君は二度と現れなかった。川に飛び込んで死んだと言う人もいた。あの日の夜、私の部屋の靴脱ぎ石の上にあった靴、父さんに見つかって、手に持って月明かりの中を逃げていった彼の靴、それが川岸の崖っぷちに揃えて置いてあったそうだから。遠くに逃げたと言う人もいた。だから、指名手配の写真が長いこと全国各地の床屋やバスターミナルに貼ってあったし。

シヨンの父さんが買って出て、あんたのパパと私との結婚を取り持ってくれたの。他人の子を身籠った娘を妻にしたいと、あんたのパパが頭を地面にこすりつけながら私の両親に哀願するもんだから仕方なかったんでしょう。半信半疑ながらも信じる他なかったと思う。両親の立場からすると、手塩にかけて育てた娘を犬畜生にも劣る奴のせいで、仕方なく仇の韓家に奪われる気分だったと思うよ。もちろん、鄭君を信じて私を彼に預けていた父さんの自責の念は、計り知れないほど深かった思う。

両親の落胆と悲しみは言葉では言い表せないほどだったでしょう。人間のクズ、殺人の前科者の子を、それも強姦されて身籠った子を、自分の孫として受け入れなきゃならなかったあんたの祖父母もやるせない気持ちだったと思う。でも、シヨンの父さん（その時は彼も独身だった）が韓彬の家に足繁く通って、あんたのお祖父さんとお祖母さんを説得したの。韓彬もまた、朴聖姫と結婚できなければ死んでしまう、なんて親を脅かしたお陰で、ようやく婚姻が成立したわけ。私の両親は、恥ずかしくて、面目なくて、私の嫁ぎ先の両親には顔も上げられなかった。

両親には本当に申し訳ないとは思ったけど、とにかく私とあんたのパパは一緒に暮らせるようになっただけで嬉しかった。だって、ユナは間違いなく私たちの娘だし、事が複雑にはなったけど、不可能に思われた結婚が目の前の現実となったんだから。私とあんたのパパはますます本当のことを言えなくなってしまった。鄭君の子ではないってことをね。

こうして、危なっかしく恥をさらして結婚にこぎつけた。私たちも未熟で世間知らずだったけど、今思うとね、どちらの両親にも責任はあったと思う。あれほどまでに反対しなかったなら、こんな結果にはならなかったはずじゃない。

危なっかしく恥をさらして結婚はしたけど、何か妙だと思わない？　あの日、あの月夜のこと。あんなとんでもないことが起きていなかったなら、私とあんたのパパは果たして結婚できていたかしら。私の頭から消えない疑問だったの。あの鄭君という人が、絵空事のように思えていた私達の結婚を可能にしたし、早めてまでくれたのだから。

妊娠したことを知った時は、それはもう目の前が真っ暗になった。両親にありのままを告げるなんてこと、できないもの。殴り殺されるのではないかと怖くて言い出せなかった。妙案なんかあるわけもなく、泣いてばかりいた。いろいろと考える余裕なんてなかった。二人でどこか遠いところに逃げるなんてことも思いつかなかった。ただ震えていただけ。あんたのパパも嫁入り前の娘を妊娠はさせたものの、こんなことには、まるで駄目でね。どうしよう？　って私が言うと、そうだね、どうしようか？　って答えるだけだった。

そんな時に、本当に都合良く鄭君が私たちを助けてくれたわけよ。真夜中に人を驚かせて逃げた彼に、お礼を言わなきゃいけないんじゃないかって、そんな気がした。そう思うと、彼が言った言葉がしきりに思い出された。「僕……こうする資格……あると思います」って。

その言葉に、妙な響きというか、深い意味があったような気がして。干したアマドコロの根を水に浸すと、最初は何の味も香りもしないけど、時間が経つと奥深い味と香りが滲み出るでしょ？　彼の言葉がそんなものだった。香りとは言えないかもしれないけど、彼の言葉には奥深い何かがあったのよ。

驚いて気が動転していた時は気付かなかった。時が流れ、あんたのパパと結婚できて、偶発的と思った鄭君の行動が、二人の結婚に決定的な役割を果たしたんだと気付くと、一つ二つと思い当たるわけ。遅まきながら、じわじわーっと滲み出るように。仮に、彼が私を助けようと心に決めてお芝居をしたとしたら、資格という言葉は違った解釈をしなければならない。

彼が決心してお芝居をしたのなら……、そうね、たとえ紆余曲折はあっても、私と韓彬とは結婚できると思ったからでしょう。実際に結婚できたんだから。でも、彼はどうなるのよ。逃げて、二度と村には戻れないってことでしょ？つまり、私のために自分の人生を投げ捨てる決心をしたってことなのよ。自ら進んで濡れ衣を着て、自分には濡れ衣を着る資格があると言ったことになる。私が彼に優しくしてあげたから。そんなことを思いながら、ぷっと吹き出してしまった。まるで『刺客列伝』を地で行くようなものじゃないかって。〈士は己を知るもののために死す〉なんて、司馬遷の『刺客列伝』に出てくるでしょ？

でも、彼が川に身を投げたのか、あるいは、どこか遠くに逃げたのか定かではないにしても、村から姿を消して二度と現れなかったのは事実だしね。だから、笑って済ませられるようなことではなかった。ああ、何ていうことだろうって思った。二十年も昔の、そのことを思うと、今も厳粛な気持ちになるのよ。あとでシヨンのお父さんに聞いたの。私が妊娠したことで悩んでいることを鄭君は知っていたって。シヨンのお父さんが仄《ほの》めかしたんだって。何かハッキリしてくるでしょ？　鄭君が私の部屋に忍び込んだというのに、ちっとも動揺しなかったあんたのパパの態度も怪しいし。

だからね、あんたのお祖母さんや叔母さんが、鄭君が本当の父親だって言ったのと、私があんたに鄭民泰という人があんたのパパだと言ったのとは、意味が違うわけ。私がそう嘘をついたのは、あんたのパパが女子大生にうつつを抜かし、挙句の果てには家を出て行方不明になってからだからね。そんな男が父親だなんて。それ以前だって、女のことで何度もつらい思いをさせられたし。こんなんだったら、むしろ、噂のとおり鄭君をパパだと思ってた方がましだ、そう思って嘘をついた。少なくとも鄭君は、私とあんたのために自分を捨てたんだからね。あんたのパパは、私とあんたを捨てたけど。

そこ長崎に鄭民泰さんが住んでいることをユナがどうして知ったか、私は知らないよ。本当に彼を探しに行ったのか、探しに行ったのなら、なぜなのかも知らない。まさか、彼が本当のパパだと信じてるんじゃないでしょうね。信じたとしても無理もないけど。

もし鄭君に会ったら、この母さんが感謝していたと伝えてね。結局、あんたのパパはいなくなったし、あんたも家を出てしまって、家族みんなバラバラになったから、彼の犠牲は無駄になってしまったわけだけど、そんなことまで言う必要はないでしょう。私も、申し訳ない思いや感謝の気持ちを、ただ心の中だけにしまっておく。一寸先も分からないのが世の常、人の常だもの。今は今で、その時はその時。ありがたいことにはちがいないんだから。

私はもう誰も恨んだりはしない。あんたのパパも、あんたも、私自身も。幼くして家を飛び出したあんたこそ、大変な苦労をしただろうけど、私たちみんな、まだ大人になってないのかもしれない。ひょっとしたら死ぬまでなれないのかも。そうね、いつかは独り立ちしなければならないものね。両親からも、故郷からも、最後はこの世からも。あんたはちょっとばかり早く独り立ちする運命だったんでしょうよ。電話が駄目なら、メールでもいいから、たまには連絡ちょうだい。ユナ、まっすぐに、前を向いて、元気でね。分かった？　あ、それと、あんたが勘違いしていることがある。ションの父さんと私とは、そんな関係じゃなかったからね、本当に。あんたの推測は見当違いもいいとこよ、おまけに幼稚。分かった？何でも知ったかぶりしないこと。そんなことしてると、馬鹿になるよ。

19

いつかと同じように、筒井は長崎駅のショッピングプラザを見上げていた。頭をカクッと仰向けにして。やっぱり喉仏が異様に突き出ている。

首が後ろにポキッと折れた案山子《かかし》。爆心地でメタセコイアをいつまでも見上げていたミル姉さんもあんなだった。寂しい人たちは、時々あんなふうにポッキリ、首が折れるのかも、とあたしは勝手に思った。

「何してるの、そこで?」

いつか筒井があたしに聞いたように、今度はあたしが尋ねた。

筒井が頭を元に戻してあたしを見た。

「別に。通りかかったから……」

「アダムスアップルを見てたでしょう?」

「アダムスアップル?」

「あそこの、ビルの中ほどにピョコッと突き出ているスタジオ。あんな設計をアダムスアップルって言うんだって、あたしが言ったじゃないですか」

「そうだっけ」

「そうでしたっ」

「そう?」

「本当は、あたしの造語。筒井さんのアダムスアップルがとても印象的だから……」

「じゃあ、名前がないの、あんな設計？」

筒井の目がキラッと光った。名の無きものであれば、スタジオの建物でも切り取って自分の部屋に飾るつもり？

「あるんじゃないですか。あたしたちが知らないだけで」

「そう……だろうね」

筒井は残念そうに、また首を反らしてスタジオを見上げた。あたしが聞いた。

「ラジオに出演するの……心配なんですか？　あのスタジオじゃないんですよね。あのスタジオだったら、あたしが絶対に止めてました」

「いや、ただ通りかかったから……うん。通りかかったから」

そう言いながら今度は、いつかあたしが筒井に尋ねたように、筒井があたしに尋ねた。

「ユナさんこそ、ここで何してるの？」

あたしは、エッと声を上げそうになった。いつの間に歩道橋を渡って駅の広場まで来ていたんだろう。ブラジャーを買いに出たのだった。ホックを留めるところがほつれ、とうとうだめになった。インナーウェアショップは歩道橋を渡る手前にある。筒井の質問が「ユナさんはどうしてノーブラなの?」と聞こえた。

思わず手が胸にいってしまった。まったくもう。みんな母さんのせいよ。母さんの話をどこまで信じればいいんだろう。第一、信じるとか信じないとか悩む価値あるんだろうか。信じたらどうなって、信じなかったらどう変わるんだろう、あたしの人生は。韓彬の娘だって、鄭民泰の娘だって、どうってことないじゃないか。

歩道橋の階段を上っていることにまったく気が付かなかった。関係ないことなのだ、そんなことなんか。頭を振って、次々と浮かんでくる思いを追い払おうとしてた。

でも……どうってことないなら、なぜあたしは、この長崎に来てるんだろう。パパを探しに? シヨンの父さんと会っているママに我慢できなくて? それとも本当に、いつもどこかに飛び出ようとする生来のあたしの習性のせい?

それにしても何で、よりによって長崎だったんだろう。鄭民泰さんが住んでいるという長崎なんだろう。日本という異郷の地まであたしを駆り立てたものは、いったい何だったんだろう？　何だろう、それは。

自問しているうちに、勝手に足が動いていたのだ。

「ちょっと買いたいものがあって……」

あたしの乳首がポコッとTシャツの上から目立っているのではないだろうか。気になって、さっと向きを変えた。やっぱり、そうだ。向こう側、えーと、うん、道の向こうに戻らなきゃ。ここじゃなかったんだ……。

急いで行こうとすると、筒井がくっついてきた。彼と一緒に歩道橋を渡りながら、あたしは田舎で見た首の折れた案山子の話をした。折れた木の端っこが突き出た案山子の無残な首、口から出任せに何でも喋った。ノーブラってことがバレないように。

「僕のアダムスアップルって、そんなに出っ張ってる？」

「え、ええ……」

あたしは頷いた。そのあとは話すことが思いつかなかった。この場で案山子になってしまいたい。胸なんかない案山子に。

やっと歩道橋を渡り終えた。筒井は北の方に、あたしはカリフラワービル横のインナーウェアショップに向かった。

秋物のブラジャーを買い、鏡の前で着けて安全な胸を確認してから、あたしは、ふーっと大きく息を吐いた。何でびくびくしたのか自分でも不思議でならなかった。どうしてノーブラを気にする？　別にいいじゃない。

大きく息をしたら、筒井が歩道橋の中間にある階段を下りていかなかったことを思い出した。出島行きの電車に乗るなら、ホームとつながっている歩道橋の中間にある階段を下りなければならない。彼も何かに気を取られていたのだろうか。ラジオ出演のことを気にしているにちがいない。結局彼は、小林が司会を務める長崎全域放送に出演することにしたのだ。

「料理。そう、料理にしましょう」

二日前の午後。誰かが厨房に向かって叫んだ。

料理？　あたしは厨房から腰をかがめて、ホールの方を見た。もうすぐ押し寄せてくるはずのお客さんを迎える準備で大忙しの時だった。小林が、厨房を出てすぐの壁に寄り掛かって立っていた。相変わらずの長い髪、窪《くぼ》んだ目。まだ夜ではないから、昼の幽霊とでも言えようか。

「料理って？　どういう……？」あたしが聞いた。

「いやあ、筒井君のこと、この前言ってましたよね。料理ならいいけど、他のことは断わるって……。だから料理にしましょうって」

また番組出演の話？　しつこい人。

レジにいた大岡がのそのそ近寄ってきた。

「長崎にはネクストドアの料理人しかいないわけじゃないだろう。他の店から文句が出るよ、慶次郎」

「店の名前は出しません。他のことには触れずに、筒井君のオリジナル料理でいきます。どこのレストランの誰が作った料理という視点ではなく、料理をメインに紹介する、レシピとか、料理のコツやポイントだけをね。そういうコーナーなんですから……」

大岡がそっと筒井を見やった。筒井は、ゴボウの皮をこそげてささがきにし、米のとぎ汁で茹で上げる作業に集中していた。あたしは彼の調理台に、鰹節、日本酒、濃口醤油を急いで持っていった。沸騰した鍋に落とし蓋をし、筒井はようやく顔を上げた。

「料理だけなら」

長いこと待たせておいて筒井が口にした言葉は、たった一言だった。その一言が、あたしには痛快に思えた。実力ある料理人のカリスマが窺《うかが》われたからではない。執拗に食い下がる小林に渋い一発を見事に喰らわせたように見えたからだ。どうしてもあたしは、川から這い上がった幽霊のような小林が気に入らないのだ。

「ラジオだけど、インターネットで同時中継されるから、調理器具にはちょっと神経を使ってもらって……」

黙ってトコブシの下処理をしていた筒井が、大岡を見た。あいつが新品の調理器具を使えってるんですけど、いいんですか？　と言うような目付きだった。大岡が頷いた。筒井も頷いた。たった一回、コックリと。

「料理にしたのは……ユナさんの助言のお陰。ユナさんの話を聞いて、料理に絞ろう、そう決めたんだ」

小林はあたしを、あたしは筒井を、筒井はトコブシを見ていた。

「それじゃあ、お忙しいでしょうから。これで失礼します。金曜日に会いましょう」

小林は、あたし、大岡、筒井の様子をさっと窺った。大岡が頷きながら、うん、うん、忙しい、忙しいから……。と言うと、小林は追い出されるかのようにドアの方に後ずさりした。

ドアを開けて出ていく前に、彼はもう一度、金曜日ですよ！　と言った。誰も返事しなかった。そこはプロデューサーも作家もいないの？　ちょっと危ない番組なんじゃない？　そう韓国語で呟くと、大岡が察したのか、手を横に振った。大丈夫、スタジオも広いし、最新設備が揃ってるんだ。

インナーウェアショップを出て、電車に乗ろうと歩道橋を上がっていると、また筒井に会った。

「今日は一緒に出勤ですね」

彼が先に声をかけた。

「どっかに寄ったんですか？」

あたしの言葉は何となく自信に満ちていた。ブラジャーを着けたから？　とにかく、もうこれ以上案山子の話なんかしてごまかさなくてもいいのだ。

「バスターミナルに寄ってから、ネクストドアに行くんです。いつも」

いつも？　そう言えば、前にもそっちの方に歩いていくのを見たことがあった。何でそこへ？　とは聞かなかったけど、筒井が話してくれた。お婆ちゃんにおにぎりをあげるためだと。

そこには八十過ぎに見えるお婆ちゃんがいるんです。待合室の大きな柱の横に木製のベンチがあって、そこにいつも。年も名前も、家もどこだか知りません。いつだったか、鹿児島に行った帰りに見かけたんで、持っていたおにぎりをあげると、当然のように受け取ったんです。まるでお婆ちゃんがここにいて、僕がここを通りかかるのは、おにぎりの受け渡しのためであるかのように。

だから次の日もそのお婆ちゃんのことが思い出されたんでしょう。気になって行ってみると、やっぱりいたんです、そこに。それで、またおにぎりを買ってあげました。それからは、家で作って持っていくようになりました。僕は渡して、お婆ちゃんは受け取る。それだけです。

「いつから？」

歩道橋の中間にある階段を下りながらあたしが聞いた。

「半年ぐらい前から」

「なのに、いまだに年も名前も家も知らないんですか？」

「聞いてないから」

知りたくないんですか？　と聞こうとして思いとどまった。お婆ちゃんが彼の目に留まったこと、半年間もおにぎりを渡し続けてること、それら全ては、ひょっとすると、お婆ちゃんには、名前も年も家もなかったからではないだろうか。

もしかしたら筒井は、そのお婆ちゃんも自分の部屋に連れていきたいのかもしれない。

「えっ？」

電車の中がうるさくて、彼の言葉が聞き取れなかった。

「何て言ったの？」

彼が今度は声を大きくして言ってくれた。

「何にも言ってませんけど」

「この間、木口の送別会の日に、僕が帰ったあとで、小林とかいう人に何と言ったんですか、僕のこと」

「えーっと……」

すぐには思い出せなかった。電車の中がうるさいわけでもなかったけど、韓国語が耳に入ってきたので、ついついそちらに気を取られていた。

二十代の韓国人女性が八人も、大声ではなかったけど、口々に喋り合い、はしゃいでいた。あんた、ヘアブラシを洗面所に忘れてきてない？　グラバー邸の次はどこに行くの？　釜山のフェリーの待合室でもらった無料テレフォンカードあるでしょ？　あれって、まったく使えないから。電話するならコレクトコールにした方がいいわよ。国際ローミングしなかったの？　などなど。筒井の日本語と女性たちの韓国語が、こんがらかって聞こえた。目は女性たちの方に向き、耳だけが筒井の方を向いていた。

「あたしに韓国人だっていうアイデンティティを強要しないでください、あたしを認めようとしているのかもしれないけど、差別にもつながるから。なんて、言ったっけ？　よく思い出せない」

と、あたしは言った。

「アイヌだというアイデンティティを筒井に強要しないでください、筒井を認めようとしているのかもしれないけど、差別にもつながるんだから、って言ったんでしょう」

筒井が笑いながら言った。彼の笑いは、韓国人女性たちの笑い声に埋もれてしまった。あたしは筒井と韓国人女性たちの間をふわふわ漂っていた。

そんなあたしに気付いたのか、筒井は一人で喋ってくれた。しきりに韓国人女性たちに引き寄せられるあたしの神経を彼が言葉で引き止めてくれた。

母さんが学校に呼び出されたんです、僕が小学校三年の時。筒井があたしの目をまっすぐ見た。僕が全然勉強しないから、担任の先生が母さんを呼び出したんです。筒井はあたしの視線までも引き留めておきたいらしかった。成績がめちゃくちゃ悪かったから。これでは困るでしょうと、先生は成績表を母の目の前に突き出した。僕は本当に勉強しなかったから。勉強なんか、本当に役に立つのだろうかと思ってたし、頑張って勉強しても偉くなれるとも思えなかったから。でも、別にそれが理由で勉強しなかったわけではない。ただ、勉強が嫌いだっただけ。

だから、しなかったんです。五島町《ごとうまち》の電停で停車した時に、話をちょっと中断し、外を眺めていた筒井が、電車が発車すると、また話し続けた。母さんが担任の先生に言った最初の言葉は、煙草お持ちなら一本いただけません？　でした。担任は煙草を吸わなかったから、同僚にもらって母さんに渡してくれたんです。煙草一本をゆっくり、ほとんど根元まで吸い終えると、母さんが言いました。

うちの子が他の子を殴ったりいじめたりするんですか？　って。もちろん担任は手を振って、そんなことはありませんと答えた。じゃ、うちの子が授業の邪魔をしたんですか？　担任はまた、違うと答えた。すると母さんは、煙草の吸殻をゆっくりと灰皿にもみ消してから言ったんです。うちの子が他の子を殴るとか、いじめるとか、勉強の邪魔をするとか、なら、その時は、ひっぱたいてもらっても一向に構いません。但し！……この言葉が相当に担任をびっくりさせたみたいです。「但し！」にすごい力がこもっていましたから。校長や教育委員会のお偉いさんから詰問でもされたかのように、急にしゅんとしたんです。母さんが続けて言いました。うちの子が勉強をしないとか、できないとかいうことなら、ほっといていただいて結構です。勉強は誰でも同じようにできるものではありませんから。

担任はちょっと恥ずかしくなったようでした。教師としての立場もあったでしょうから。だから、あの、と何とかしてその場を取り繕い、この状況から逃れようと口を開きかけたんです。でも、母さんはそのすきを与えず、小さな低い声で言ったんです。私は、うちの子が、学校で毎日理由もなく他の子たちに殴られたり、からかわれたりしていることを先生が心配されて、その相談だと思いました。そういうことでしたら、いつでも学校に参りますが、勉強のことでしたら、先ほども申しあげましたとおり、構わないでください。ちょうど話が出ましたので、ついでにもう一言申し上げるのですが、今後うちの子がまた理由もなく殴られたり、からかわれたりすることがあれば、いくら義務教育であっても、うちの子を学校から抜きますから。

いかがわしいブローカーやヤクザでも使いそうな抜きますという言葉に、担任はたじろいでいました。でも、僕はその次の日も殴られたし、からかわれたんです。担任はそのことで母さんを呼び出すようなことはしなかったし。それで母さんは僕を学校から抜きました。抜いて、母さんの食堂に入れたんです。それが十歳の時。その後、僕は一度も食堂の厨房を離れたことがないんです。それが僕、筒井です。筒井は日本人の一人でもなく、アイヌの一人でもないんです。大勢の筒井の中の一人でもないし、人が勝手に決めつける数多くの僕でもなく、僕は僕です。ただの筒井。

もう韓国人女性たちの話し声は耳に入ってこなかった。出島の電停で降り、筒井とあたしは出島ワーフに向かった。電車は、後ろ姿を見せながら遠ざかっていった。

少しの間、韓国語を聞いていたせいなのか、あるいはその韓国語がぷつっと途切れたせいなのか、あたしはたった今日本に初めて降り立ったような気がした。目に入る海や木々、行き交う人々が、初めて見る風景のように感じられた。あたしを突き動かし、ここに来るように駆り立てたものはいったい何なのだろうか。

「船の上で食事したこと、ありますか？」

筒井が聞いた。灯りをつけた遊覧船が一隻、水面をゆっくりと滑っていった。

「何にも言わないで歩きましょう」

あたしが言った。

そんなことなら自信ある、という表情を筒井がしてみせた。

あたしがここに来た理由は？　自分に問いかけた。パパが二人いるからだろう。

韓国と日本にそれぞれ一人。そのことで彷徨《さまよ》っているのが、あたしだから。

女をつくって家を出ていったパパ。家族は散り散りになり、生まれ故郷でも疎外されたあたし。全ての不幸や不運は、そこから始まったと思って飛び出した。ひょっとすると、ここ長崎には、まっとうなパパがいるかもしれないと思って。たぶんそうなんだろうと思う。

遊覧船が長崎港ターミナルビルの前に船体を横付けしていた。船の上で食事するんだったら、今頃の時間が良さそうな気がする。昼と夜の間、陸と海の間。そこは、日本でも韓国でもないように思えた。

それが、あたしを日本に引き寄せたのではないだろうか。まっとうなパパに会えるかもしれないという夢と家族に対する憧れ。でも、あたしが求めてるようなパパが果たしてここにいるだろうか。もしかしたら、それは、夢や憧れではなく、理想とは程遠いパパや生まれ故郷を捨てる、都合のいい言い訳にすぎなかったのではないだろうか。

そうだとすれば、新しい父親に会ったとしても、また捨てるかもしれない。気に入らなければ。初めてのことでもないんだもの、既に一回、親を捨てて出てきたじゃないか。何が何だか分からなくなった。あたしは、根本的に何か間違っているのではないだろうか。自分の人生の不運や不幸、あるいは運命までも、全てパパや家族、そして故郷のせいにしている。まるでそれらが、あたしの人生を決定づけているかのように。本当にそうなんだろうか？

　駄目な父親を責めるってことは、父親に完璧を望んでいたからではないだろうか。完璧？　本当にそれを望んでる？　もしあたしが望むように、パパが本当に完璧だったら、あたしはパパの従順な下僕《しもべ》になることを厭《いと》わなかったかもしれない。下僕になりたい？　パパが非の打ち所のない完璧な人だったら、むしろあたしはそれに耐えきれずに、もっと早く家を飛び出していたかもしれない。あたしが求めているのは、パーフェクトなパパとか、欠点のないパパではないはず。だから長崎のパパにもそれを求めてるわけではない。

　結局、あたしは、パパが完璧であろうとなかろうと、家を出るしかなかった。つまり、父親という存在からの逃走。だらしない父親なら、だらしなさが不満で、完璧な父親なら、父親の従順な下僕でいるのが嫌で。

親が不満で家を飛び出したあたしだから、いつか自分が親になった時は、当然、完璧な親になろうとするだろう。すると、あたしの子供は、あたしの下僕になるか、あたしと同じように家を出ていくか、どちらかを選ぶことになるだろうし。あーあ、難しい。どうすればいいんだろう。結局、あたしは彷徨っているだけなのだ。こうすることも、ああすることもできず、がむしゃらにぶつかってきただけなのだ。

これ以上迷わないためには、もう一人のパパと家族、故郷を探し求めるのをやめて、自分自身に目を向けるべきではないだろうか。親、家族、故郷、そして国とも関係ない自分、それらを頼りながら染まり、染まってしまって、気付かぬうちに人の上に君臨したがるであろう自分から脱却した、まったく別の自分を見つけなければ。

庇護という名で服従を強要するのが父であるなら、探す必要はないのだ。庇護されたくてパパを求めているくせに、その影響力から逃げようとするもう一つの欲求に振り回されてるのがあたしなら、パパを探すより先に、自分の矛盾した欲求を変えるか捨てなければならない。それが本当の脱却で、本当の独立ではないだろうか。どこへも行かず、何も探し求めなくても、どこにでも行けて何でも探せるように。

ちょっと待って？ それって、父を探すんじゃなくて、父を捨てに来たってこと？ あたしは、継父を捨て実父を探しにここに来たのではなく、二人の父を捨て、自分を見つけにここに来たのだろうか？ じゃあ、あたしは誰で、今どこにいるんだろう。

全ての落第生がエジソンになれるわけではない。全ての片親の子供が不良になるわけでもない。両親揃った家庭や生まれ育った国が必ずしも頼りになるわけでもないし、それらが頼りにならないからといって、責任を問うわけにもいかないのだ。

長崎港の狭い海は、広い外海へつながっている。「今ここにいるあたし」もこの海のように、果てしない世界へとつながっている。そんな気がした。

筒井はあたしと離れて埠頭を歩いていた、一人大きく手を振って。ネクストドアを通り過ぎていたけど、あたしは筒井を呼び止めなかった。彼はすぐに戻ってきて、いつものようにネクストドアの厨房で仕事に精を出すだろうから。でも、もう一人の筒井は、そのままずっと、宇宙の果てまで歩き続けるような気がした。急にみんなに会いたくなった。大岡・佐藤・木口・愛子・ミル姉さん・秀雄、それに鬼太郎ヘアの小林にまで。白い雲が南西の空に浮かんでいた。

20

〈ON-the-AIR〉
14:21:06
小林‥事情を知って、そうしようとお決めになったんですか。
ゲスト‥何をどうしようという計画のようなものはありませんでした。事情を知って、とっさに行動し逃げ出したんです。ずっと思ってはいました、いつまでもここで世話になっているわけにはいかないだろう……と。

小林‥その村に居づらかったというのもあるんでしょうか。
ゲスト‥それもありましたが、えー、そうですね。母が亡くなって身軽になっていたということもありました。それに、うーん、身を寄せていた工場も、実は経営が難しくなっていたんです。かと言って、工場が潰れる前に一人だけ抜け駆けして仕事を探そうなどという、計算があったわけでもないんですが……、そうですね、いろんな事情が重なっていたんだと思います。

秀雄と一緒にスタジオに着くと、放送は既に始まっていた。急いで来たので汗びっしょりになっていた。僕のせいで遅れてすみませんと、秀雄がしきりに言うので、秀雄に気を遣わせてはいけないと急いだのだ。

さあさあ、俺も一応調理師免許は持ってるんだから、厨房のことは心配しないで行ってきな。お客さんは、どうせ六時過ぎないと入らないし、放送は四時には終わるんだからさ。大岡はあたしと秀雄を追い出すかのように送り出した。レストランには大岡と愛子、木口の代わりに入った吉田が残ることになった。

アダムスアップルに比べると、長崎全域放送のコントロールルームは運動場のように広かった。スタジオの中に二十席程度の客席まであった。放送を盛り上げるために動員されたと思われる女性が十人程。あれ？　ミル姉さんが何でここにいるの？　あたしは防音ガラスの中に向かって手で合図した。客席にいたミル姉さんもあたしに気付いて、ちょっと手を上げた。汗で肌着がペタペタと背中にくっついた。

小林：（客席を見ながら）奥様も事情をご存じだとおっしゃいましたけど、その話は結婚前にされたんですか？

ゲスト：（客席の誰かを見ながら）いいえ、結婚してからです。

小林：奥様はどのような……？

ゲスト：特に、気にしてないようでした。

小林：特に気にしなかった？

ゲスト：このことは聞かれました。その女性が好きだったのかと。

小林：それで？
ゲスト：まぁ、そうだったかもしれない、と答えました。
小林：ほほう、奥様はなんと？
ゲスト：やっぱり気にしてないようでした。
小林：とても心の広い方ですね。
ゲスト：この女性《ひと》は私を愛してないんだろうかと、むしろちょっと寂しくなりましたね。
小林：何ともないふりをされたんでしょうかね。
ゲスト：さあ……。本人に聞いてみないと……。
小林：（客席に向かって）どうだったんですか？
客席の女性：（顔を赤らめて）……。
小林：マイクが遠くて、ラジオをお聞きの皆さんには聞こえなかったと思いますが、今、奥様は、不安だった、とおっしゃいました。咎めたりすると、嫌われるんじゃないか、すごく心配だったそうです。

客席：おおー。

ゲスト：さっきお話したとおり、単に好きということとはちょっと次元が違ったんです。（夫人に向かって）あの時は、冗談のつもりで言っただけですけど。

スタジオでは、そんなやりとりをしていて、筒井はその片隅で自分の出番を待っていた。ネクストドアの調理器具を特設調理台の上に並べて置いて。シェフキャップは相変わらず筒井によく似合っていた。コントロールルームにあるインターネット同時配信用のモニターに、筒井の顔がチラッと映った。

城島《きじま》さんがよくお聴きになってたという歌を一曲聴いて、またお話を続けましょう。小林のコメントが終わると、趙容弼《チョヨンピル》の「窓の外の女」が流れ、放送の信号がOFF-the-AIRに切り替わった。スタジオの分厚い防音ドアが開いた。ミル姉さんが少し身を乗り出してあたしを手招きした。

〈愛を美しいなどと、いつ誰が云ったのですか……〉[*15]趙容弼が叫ぶように歌っている間に、秀雄とあたしは空いている席を探して座った。

「何、この歌？」

ミル姉さんに尋ねた。ミル姉さんはしばらくあたしの様子を窺ってから、ゲストが好きな歌……だって、と慌てて答えた。筒井と目が合ったあたしは、握りこぶしを作ってみせながら、頑張って、と声に出さずに叫んだ。

〈いっそいっそあなたの手で眠らせてほしい……〉改めて聴いてみると、歌詞がダサく思えた。まだ歌が終わらないうちに、小林とゲストはマイクの前に姿勢を正して座り、防音室の外にいるエンジニアを注視していた。

ゲストは四十代後半の男性。顔も体格も普通の、どこにでもいるような目立たない人だった。夫の気持ちを考えて咎めたりしなかったという彼の奥さんは、あたしの二列前に座っていた。あの女性は、あの男性のどこにそんなに惹かれたのだろうか。

ゲストとほんのちょっと目が合った。これといった特徴のない人だと思ったけど、目が優しく魅力的だった。小林ともちょっと目が合ったが、彼の方から視線を逸らした。鬼太郎みたいに長い髪を、士官候補生のような短髪のカツラですっぽり隠してしまうなんて。何であそこまでこだわる必要があるんだろう。笑いが込み上げてきた。でも、一緒に笑ってくれるはずのミル姉さんはあたしを見ていなかった。

いつもとは違ってミル姉さんは、椅子の端にお尻をちょこんと乗せ、背筋をしゃんと伸ばしたまま、黙って食い入るように前を見ていた。面接官に向き合う学生みたいに。何かちょっと変だと感じた。休憩前にはどういう話をしていたんだろう。あたしと一緒に遅れてきた秀雄もそう感じたのだろうか。あたしは秀雄の顔を見た。秀雄もあたしを見た。あたしは肩をすぼめた。秀雄も肩をすぼめた。やっと少し笑った。

〈ON-the-AIR〉
14:33:55
小林‥皆さんの出会いの時間、尋ね人コーナーです。今日は城島民泰《きじまたみやす》さんをお迎えして、お話を伺っています。韓国を離れて二十年とおっしゃいましたよね。ずいぶん長いんですが、故郷と聞いてまず思い浮かぶものは何でしょう？

14:34:04

（韓国？　フーン、だから趙容弼だったんだ）

ゲスト：いろいろあるんですが、何といっても、私が働いていた家の柿の木ですね。庭の端にあった柿の木は、木そのものも大きくて堂々としていたんですが、葉っぱがとても大きかったんです。厚みがあって、色が濃くて、つやつやしていて。ホオノキの葉っぱぐらいはありました。秋に新米が獲れると、社長の家では白い切り餅を作って、きれいに洗ったその柿の葉を皿にして、よくご馳走してくれました。

小林：柿の葉に餅をのせてくれたんですね？

ゲスト：普通の餅ではなくて、和菓子みたいに作るんです。餃子の皮ぐらいに丸く餅をのばして、真ん中に砂糖漬けした五味子《ごみし》の実と、千切りにしたナツメをのせて茶巾絞りみたいに。（手振りをまじえて）こんなふうに、両手の親指と人差し指を同時に動かして、四隅を引っ張って折り込むんです。こんなふうに。すると、四枚花弁の白い花ができ上がって、薬味はそれぞれ赤い雌しべと、黄色い雄しべになるんです。ふっくらとした柔らかい一輪の花のような餅になるわけです。その花餅は必ず柿の葉にのせて出してくれました。そこまでしないと、本当の可愛らしさは出ないんですね。余りにも可憐で食べるのがもったいないくらいでした。餅なのか花なのか、ためらわれる風情もなかなかいいものでした。

14:35:11

それは、母方のお祖母ちゃんが、秋に脱穀が終わると作っていた花餅だ。ゲストが忘れられないと言ってる柿の木は、他でもない、あたしが生まれた母の実家の庭にあった、あの青々とした柿の木なのだ。そんな！

小林：お話を聞いていると、本当にきれいなお餅のようですが、奥様に作ってもらったりもするんですか。
ゲスト：はい、作ってもらいました。もっときれいにでき上がったんです。妻は餅の色付けに松の花粉まで使いましたから。
小林：きっと懐かしい味だったんでしょうね？
ゲスト：妻は料理が上手なんです。味だけでいうなら、ずっと美味しかったかもしれません。でも、私の記憶にあるのは、遠い思い出の味じゃないですか。同じ月夜でも、長崎と故郷の月夜では違いますから。だから味も違って感じられたんでしょう。そうですねぇ、それは確かに餅の味ですが、社長宅の家族の人柄や心が滲み出た味でもあったんでしょうから。私は故郷を思うと、いつも柿の木と、餅と、そして社長宅の家族が一度に思い浮かぶんです。

14:36:01

あの鬼太郎の奴、何てことを……あたしは小林をじっと見つめたが、小林はあたしと目を合わせようとしなかった。ミル姉さんを見た。あたしとちょっと目が合うと、急いで視線を外して正面を見た。あたしはミル姉さんを睨《にら》み続けた。いったい、いつの間に鬼太郎の奴とこんなことを企んだのだろう。

ミル姉さんがチラッチラッと鰈《かれい》みたいな横目であたしの様子を窺った。あたしはその瞬間を逃さず、拳を作ってみせた。声には出さなくとも、はっきりと分かるように、最大限おおげさに怒った表情を唇に込めてみせた。ミル姉さん、覚えてなさい！　ただじゃおかないからね。

小林：これはいい話を聞きましたね。次回は、奥様の花餅を紹介しましょうか。インターネットでしたら、そのきれいな花餅の画像もお見せできるでしょうし。

ゲスト：（客席の夫人を見ながら）そう……ですね？

小林：今日はお聞きのとおり、二十年前にここ長崎にいらっしゃった、皆さんもご存じの柿田商事の社長、城島民泰さん、韓国名、鄭民泰さんをお招きし、お話を伺いました。ここでですね、実は、えーと。

14:36:57

ついに小林があたしを見た。

小林・・実はあの、ここに、はい、この客席にその方がいらっしゃっています。城島さんの夜逃げと深い関わりがある、当時、朴聖姫さんのお腹にいた赤ちゃん……。

客席・・ええーっ？

14:37:08

小林はあたしから視線を逸らさなかった。最大限に申し訳なさそうな、気の毒だというふうな目をして。ミル姉さんは必死に前ばかり見ていて、筒井と秀雄、そして客席の全員が、小林の視線を追ってあたしを見た。

小林・・ハン・ユナさんです。東京で有名な調理師専門学校を卒業なさって、今は出島ワーフの、とあるレストランで調理師として活躍なさっています。ええ……私も彼女の銀ダラの料理を食べたことがあるんですが、すぐにファンになってしまいました。こちらに……お呼びしてもよろしいでしょうか？　ご本人がお望みでなければ、お座りになったままで構いませんし、カメラも使わないでやりましょう。

14:38:27

あたしは席から立ち上がり、デスクの方にまっすぐ歩いていった。城島さんの驚いた様子が気にはなったが、毅然《きぜん》とすることにした。もう二人のパパは捨てたのだから。

小林：ありがとうございます。そして本当に申し訳ありません。事前に何のご相談もせずに、急にこんな形でお迎えすることになったこと、お二方に深くお詫び申し上げます。人気取りの商業主義的やり方だと言われても反論できませんが。お二方は今初めてお会いになったんですよね。

あたし：初めまして、ハン・ユナです。
ゲスト：初めまして、城島……鄭民泰です。
小林：ですから、城島さんはハン・ユナさんが生まれる前に既に……。
あたし：あのう……。
小林：どうぞ、おっしゃってください。
あたし：これ、長崎全域放送ですよね？
小林：はい、そうです。雲仙と島原、ハウステンボスでも聴けます。インターネット同時放送ですから、全国でも見られます。そういえば、ソウルやニューヨークでも視聴できますね。
あたし：生放送ですよね？
小林：はい、そうです。
あたし：本当に？
小林：はい、確かに。
あたし：あたしは小林さんのお陰で、ここで声も顔も、個人情報も公開されてしまいました。今度は、小林さんの番ですよね。
小林‥それは……どういうことでしょうか？
あたし‥（満面の笑みで）あそこに座っているチャ・ミルさんとお付き合いなさ
ってるんですか？
客席‥おおー。
小林‥（ミルを見ながら）あの、それは、まだ……。
あたし‥せっかくですから、チャ・ミルさんの顔も、一度映していただけません
か。みんな一緒に家族のような感じでいったらどうでしょうか。それから……。
小林‥それから？
あたし‥小林さん、ちょっとそのカツラ、取ってみてはいかがですか。長い髪が
格好良かったのに、窮屈そう。
客席‥ええーっ？
あたし‥その方がいいと思いますけど、自然体で。
小林‥あ……、これは、やられました。まいったな。見事な反撃ですね。

14:40:27

ミル姉さんは顔が真っ赤になり、小林はカツラを取った。筒井と鄭民泰氏夫人は、ぽかんと口を開けていたし、防音室の外にいるプロデューサーとエンジニアは爆笑していた。作家と思《おぼ》しき女性は指で丸を作り、いいね、面白い、受けそう、というジェスチャーをしてみせた。

小林：スタジオに遅れていらしたハン・ユナさんはお聞きにならなかったでしょうけれども、えー、城島さんは、ハン・ユナさんと自分とは、血のつながりはないと、おっしゃっていました。
あたし：そうですか。
ゲスト：ええ、そうです。
小林：城島さんがおっしゃるには、ユナさんは韓彬さんの娘に間違いないそうです。ユナさんは、城島さんが父親だと信じて長崎まで探しに来られたんですよね。

あたし：いいえ、信じたというか……。

小林：こんな結果になってしまって、残念ですね。

あたし：あたしが誰の娘なのかは、母が一番よく知っているんじゃないでしょうか。

小林：城島さんの話は信じられない、そういう意味でしょうか？

客席：（無言のまま）……。

あたし：いいえ。母も言っていました。あたしは韓彬の娘に間違いないと。

ゲスト：朴聖姫さん？

あたし：はい、そうです。母の朴聖姫は鄭民泰さんのことを鄭君と呼んでます。

ゲスト：そうでした、鄭君。私は鄭君と呼ばれていました。

あたし：村の人たちも、祖母も、叔母も、あたしの父親は、鄭民泰だって言っていました。一時は母もそう言ってましたけど。

ゲスト：お母さんが……ですか？

あたし：この前、母からメールがありました。韓彬は、お前と私を捨てたけど、鄭君は、私たちのために自分を投げ出してくれた人だ。だから、噂のとおり鄭君をお父さんと思わせた方がいい、そう思って嘘をついたそうです。
客席：おおー。
小林：じゃ、お母さんと城島さん、いや鄭民泰さんのお話に間違いないと、いうことですね。
あたし：もちろんです。
小林：それでは、もう韓国にお戻りになるんですか？
あたし：そういうことは、もう意味ないと思います。韓国とか日本とか、育ての父とか実の父とか。これからハン・ユナは、そういう世の中の風向きとは関係なく生きていくつもりですから。
小林：そうですか、ふっきれた感じなんでしょうか。鄭民泰さんが父親でないことがはっきりしたわけですから。
ゲスト：なんだか申し訳ないです。せっかく私を探しに来られたというのに。
あたし：でも、城島さんはあたしのお父さんです。

客席：おおー？

小林：城島さんはユナさんの父親じゃないって、今……。

あたし：ええ、ですから、これからは、あたしがお父さんと呼びたいんです。いけませんか？

小林：そういう世間の風向きとは関係なく生きていくって、おっしゃいませんでした？

あたし：（向こうにいる筒井を見ながら）ああ、もう。だから、新しいお父さんです。そう思ってください。以前のお父さんという名前は、全て捨てました。消したんです。すっかり。それから自分で新しく名前を付けました、お、とう、さん、って。（頷く筒井を見ながら）世間がそう言っているからではなく、あたしがお父さんと呼びたいから呼ぶお父さん。父親だからお父さんと呼ぶのではなく、お父さんと呼ばれたから父親になるお父さん。ああ、ややこしい。説明するの難しいから、もう聞かないでいただけませんか。

ゲスト：お父さんと呼ばれたから、お父さんになるわけか。私は。

あたし：お小遣いをせびる娘じゃありません。脛《すね》をかじる娘でもありませんからね。一緒に暮らしたりもしません。心の中で、お父さん、とあたしが呼びたいだけです。……そうですね、父を探し出せば、何か自分の中でもやもやしているものが解決できると思ってました。でもそれは最初から探しものが間違っていたんです。なぜ「あたし」は父さんを探すのだろうか。この疑問に対する答えを探すべきでした。
小林：では、とにかく……。
あたし：（城島夫人を見ながら）あの、お正月にお年賀に伺ってもよろしいでしょうか？
ゲスト：（頷く夫人を見ながら）嬉しいですね。向日葵は、自分の名前が嫌でもヒマワリと呼ばれますからね。いや、お父さんという名前が嫌だという意味では決してありませんよ。
あたし：それでは、長崎市民の皆様に発表します。今日から柿田商事の代表取締役、城島民泰さん、鄭民泰さんは、あたし、ハン・ユナのお父さんを超えたお父さんであることを宣言します。
客席：（面食らいながら、とにかく）おおー（そして拍手）。
小林：（いずれにしてもコーナーをまとめないことには、という感じで）そうですね、こうして、今日から城島さんはハン・ユナさんの新しい、お、とう、さん、になられました。私も今日から、カツラを脱ぎ、長髪の小林になります。まぁ、チャ・ミルさんが私とお付き合いしてくださるかどうかは、まだ分かりませんけど。

21

慌ただしく、尋ね人コーナーが終わった。筒井には少し申し訳なかった。妙な結末で終わってしまったとはいえ、父と娘の二十余年ぶりの再会劇は、けっこうドラマチックだった。そのせいで、直後に続いた筒井の料理コーナーが相対的にかすんでしまった感があったからだ。

それでも筒井は、特有の沈着さと情熱で、自分の名前を付けた「シュリンプキャビア添え・ツツイ」を作った。シュリンプキャビア添え、ですか、と小林が尋ねると、「いいえ、『シュリンプキャビア添え・ツツイ』です」と訂正した。そして、この世でたった一つの、たった一度だけの料理です、と付け加えた。

背中に切れ目を入れ、身を広げた三尾のエビをギーバターで焼き、その上に刻んだ椎茸とシソの葉をのせた。キャビア・オセトラを添える時には、緊張感さえ漂った。言葉を最小限にし、その代わり、素早く、洗練された手さばきで伝える筒井の腕前には人を魅了するカリスマ性があった。

調理器具が触れ合う音とか、フライパンの上でギーバターが焦げる音までも計算し尽くされてるように思えた。照明が当たって時々キラリと光る調理器具、ガスバーナーに火を点けたり消したりする時の手の動きの緩急、フライパンに当たる菜箸《さいばし》の音……。特に菜箸がフライパンに当たる音は、中庭に置いた真鍮《しんちゅう》の洗面器に落ちる雨の音のようでもあり、幼子が小さな手で無心に叩く金管楽器の音のようでもあった。

筒井の料理は静かに進められていたが、見ている者の五感全てを刺激し、その動きは、まるで五、六種類の楽器を同時に演奏しているような、熟達したミュージシャンのようでもあった。

今回初めてお披露目するんだと言って期待感を駆り立てていた「クルマエビ・フィロドゥのコリアンダーソースかけ」は、三尾のエビを逆さに立て、三角錐を作るものであった。極薄のパイシート、フィロドゥを巻いて揚げた赤いクルマエビを、ツルツルの皿に立てるのは決して容易な技ではない。あらかじめコリアンダーソースを皿にかけておけばやりやすいだろうに、筒井はあえてその方法を使わず、エビから盛り付けていた。

そこに彼のトリックが隠されていた。見る人に期待感と緊張感を持たせ、成功した時、思わず歓声が上がるよう仕向ける。筒井って、なかなかやるじゃない？そう思わない？　ミル姉さんの方を見たが、彼女は聞こえないふりして筒井から目を離さなかった。とぼけたって、絶対に許さないからね。

とうとう、筒井が三尾のエビを逆さに立てることに成功した。観客がまだ、固唾《かたず》を呑んでジッと見つめている時、「シュリンプキャビア添え・ツツイ」、「クルマエビ・フィロドゥのコリアンダーソースかけ」を差し出しながら、カリスマシェフ筒井がタイミングを逃さず言った言葉、「さあ、ご賞味ください！」だった。

「料理のでき上がり！」を、そう表現したのだ。ようやく我に返った観客が、拍手喝采、歓呼の声を上げた。そんな筒井をずるいと思いながら、いつの間にかあたしも拍手してしまった。ミル姉さんも小林も、秀雄も、鄭民泰氏と彼の奥さんも。

「見事なパフォーマンスでした。どこかの料理番組にレギュラー出演してたとか？」エビを口に放り込みながら、あたしが言った。放送が終わって調理器具を一緒に片付けた。

「初めてだったので、ずいぶん悩みました。そうしているうちに、ふと思いついたんです」

「何を？」

「ペルソナ。小林さんはペルソナを幾つも持っている、って言ったじゃないですか。だから僕も『放送に出演する筒井』という、もう一つのペルソナを持とうと思ったんです」

「嘘ばっかり。元々あったペルソナなんじゃなくて？」

「ペルソナを幾つも持っているってことは、一つも持ってないことと同じだから。元々どういうペルソナだったたか、その元になる一つがないということでしょ？」

「またそんな難しいこと……」

あたしが言い、

「チリソースと椎茸だけを和《あ》えたとしても、チリソースと椎茸の味ではなくなる」

と秀雄が割り込んできた。

「本当に……、私がユナさんのお父さんでいいんですかね？」

鄭君があたしに近付いてきて話しかけた。城島民泰とか鄭民泰よりも、あたしには鄭君の方が馴染んでいたし、自然だった。

「お父さんと呼ばれた瞬間、お父さんになるんじゃなかったんでしたっけ。元からお父さん、という人間はいないんじゃないでしょうか。あたしは、今までお父さんと思ってたものなんて、全部捨てました」

「ユナったら、またそんな偉そうな……」

と、ミル姉さんが言い、

「第三の味が生まれる」

秀雄が笑みを浮かべて言った。あたしはミル姉さんに向かって最大限に目を怒《いか》らせて見せた。実の姉妹だったら、姉妹だというだけで喧嘩が絶えなかったにちがいない。ミル姉さんは、あたしの視線を無視し、またとぼけた。

「ユナ、このままずっと長崎に居るつもり?」

「これから本気で、父さんを探してみよっかな」

「韓国に帰るってこと?」

「ううん、どこにいても見つけられそう」

「どうやって?」

「その人間の絶望を抱きしめてみようと思う」

「本当にそんなことできる?」

「そうしないと、あたしだって、今までの絶望から抜け出せそうにないから」

「また偉そうなこと。まっ、今日だけは許してあげる」

「あたしにとって『父さん』って何だろう、そのことばっかり考えていた。でも、これからは、父さんにとっての『父さん』って何だったんだろう、そのことも考えてみようと思う」

「時々会いましょ。お正月でなくても」

鄭君の奥さんが優しく微笑みながら言った。

ハウオールドアーユー？　と思わず聞きそうになった。朴聖姫と同じ年頃に思えたから。今日は、母さんに短い返事を書こう。あのね、とうとう今日、鄭君に会えた。もう過去の、記憶の中の人じゃなくなったの。だから、これからどうなるかは、あたしも分かりません。現在進行形があるだけ。

「お正月になっても帰るところのない、気の毒なファミリーがいるんですけど、みんなでお邪魔してもいいですか」

唐突にあたしが聞いた。なんてずうずうしいペルソナなんだろう、と心の中で呟きながら。

十歳の時から、飽きもせず料理一筋に生きてきた頑固者の筒井。殴られ、いじめられた経験は筒井と同じだけど、ひたすら笑って耐え、その笑いが固まってしまった秀雄、三十数年もの間、ひたすら一人の女性を愛し、そのそばに居続ける純で野暮な大岡、もやしのように弱々しく、今にも折れそうな佐藤淑江、母さんが恋しいと泣きながらも、死んでも故郷には帰りたくないと言う愛子。報酬をもらうわけでもないのに、小さなスクーターに絵の具を積み、壁を探し求めては絵を描いて回る風来坊の木口。父の絶望に気付くのが遅すぎたと、自分を責めて悲しむミル姉さん……彼らをあたしはファミリーと呼んだのだろうか。互いを少しも束縛しない彼らを、どういう結び付きでファミリーと呼べるのだろうか。

「それは、もう、百人でも構いませんよ」

鄭君の奥さんが答えた。

大体このくらいの年になれば、韓国も日本もなく、女性はみんなこんなふうに鷹揚《おうよう》になるのだろうか。

「食事の用意だけでも大変でしょうに」

とあたしが言い、

「各自持参、じゃなかったんでしたっけ」

彼女が笑いながら言った。えっ、とあたしは悲鳴を上げた。こんな女性なら、少しぐらい甘えてもいいような気がした。

鬼太郎ヘアの小林とミル姉さんが、許しを乞うような憐れな眼差しであたしを見た。不思議なくらい心地良く温かい安堵感に包まれながら、あたしは握り拳を作り、ミル姉さんのお腹に思いっきりパンチを喰らわせた。歌手のＲＡＩＮに似た若いペルソナというのは小林だったの？

そして、ふと思いつき、調理セットに置かれていた魚の骨抜きを手に取って、城島さんに向かって咬みつく真似をしてみせた。城島さんはあたしがびっくりするほどびっくりして飛び上がった。

「やっぱり。鄭君なんですね」

あたしが言うと、驚いた表情を緩めながら城島さんが呻くように言った。

「やっぱり、朴聖姫さんの娘さんですね」

＊1【奉天洞】ソウルの冠岳山《カンアク》の北の麓の行政区域名。地形が険しく空を持ち上げているようにに見えるということで、奉天洞という名が付けられたと言われる

＊2【上渓洞】ソウル蘆原區《ノウォング》に属する行政区域名。ソウルの東、水落山《スラク》と仏岩山《ブルアム》の麓に位置する

＊3【鄭芝溶】（一九〇二～一九五〇）韓国の詩人。「朝鮮文学の近代化に決定的な役割を果たしたモダニズム系の詩人」と評価されている

＊4【辛夕汀】（一九〇七～一九七四）韓国の詩人

＊5【六・二五】一九五〇年六月二十五日の未明に勃発した朝鮮戦争。一九五三年七月二十七日に休戦され、休戦状態は今も続いている。この戦争のことを言う時、韓国では通常「六・二五の時」と言う

＊6【尹亨柱】一九四七年ソウル生まれ。数多くのヒット曲やCMソングを手掛け、日本の音楽界とも交流が深いシンガーソングライター。日本でもよく知られる韓国の国民的詩人、尹東柱《ユンドンジュ》の又従兄弟

＊7【武橋洞】ソウル中区所在の地名。サラリーマンたちの飲み屋横丁として知られている

＊8【昌信洞】ソウル鐘路区所在の地名。東大門エリア近くの庶民的な町

＊9【馬牌】朝鮮王朝時代、官吏が出張の時に駅馬を徴発するのに証表として用いた直径十センチほどの丸い銅の札。片面に馬が刻まれていて、地位や身分によって馬数の異なる馬牌《まぺ》が支給されていた

＊10【丙子胡亂】一六三六年十二月から一六三七年一月までの、清の朝鮮侵略による戦争

＊11【壬辰倭亂】文禄慶長の役

＊12【皮職人】獣の皮を使って皮靴を作る職人を指していた言葉。階級社会だった朝鮮王朝時代には、賤しい階級の一つだった

＊13【チャンスン】長丞。韓国の村の入口などの道端に立っている人の形をした木像や石像。普通男女一対で立っている。村の守護神・道しるべの機能を併せ持っている

＊14【郷・所・部曲】新羅時代から朝鮮時代初期（十五世紀）まで存続していた特殊な地方行政区域。この区域の人たちは身分の差別を受けていた

＊15【愛を美しいなどと、いつ誰が云ったのですか】裵明淑作詞、三佳令二訳

著者あとがき

　私の父：私を産んでまだ三日も経たない母を引きずり出して、畑の畝間に押し倒し、怒鳴ったという。子を産んだのがそんなに偉いか、いつまで寝ているつもりだ。仕事せんかい！……。父の話をするたびに、母は三分と経たずに泣いた。私は三分と経たずに怒った。本当は怖くも強くもなかった父。ただただ、日々の糧を確保していくことへの不安と恐れに押しつぶされ、理由もなく怒り散らす、実は気弱だった父。無能な小作人の父が嫌いだった。

　我々の父：父親の名よりも先に覚えなければならなかった権力者の名前、朴正煕《パクチョンヒ》と金日成《キムイルソン》。君主と師と父の恩は同じと言うが、君主ほどではないにしろ、頭目ほどは逞しかった我々の父たち。朴正煕・金日成・李承晩《イスンマン》。二つに分断された美しき祖国。無能な息子が密かに憧れていた父なる存在。

　もう一人の父：壮麗な美文で読者を熱狂させ、三千里韓国全土を感動と興奮の坩《る》堝《つぼ》にしたかった作家の私、もう一人の父。心の中で羨望してやまなかった頭目たちを次々と刺し倒してから初めて、気弱な父の絶望に気付き、涙した日々。気障《きざ》で虚勢を張った美文と決別してからどれほどの月日が過ぎたのだろうか。気が付くと、いつの間にかこの物語は終わっていた。

具孝書《クヒョソ》

訳者あとがき

具孝書《クヒョソ》の小説には時代の言葉が生きて躍動する。日常に転がっている言葉に息を吹き込み、社会や権力の横暴を告発する作品から生と死を見つめる作品、ささいな日常の風景を描く作品など、多岐にわたるテーマを面白く叙情豊かに書き上げ、読者の心の琴線に共鳴を起こす。彼の作品がデビュー以来ずっと愛され続けている所以だろう。小説の形や文体を変えた実験的小説を試みるなど、小説の新しい可能性を探る作家としても知られている。脇目も振らず、小説一筋の独自の研鑽《けんさん》を積んできただけに、批評家たちからも高い評価を得て数々の権威ある賞を受賞している。

植民地時代、解放、六・二五戦争、軍事クーデター、独裁政権、民主化と、韓国の現代史は暗く重い。韓国の作家たちが背負ってきたテーマでもあるが、『長崎パパ』で彼は、若い女性の視点を借りて、決して軽くないテーマを軽快にまとめた。

父親や家族のこと、個人の人生を翻弄する権力として立ち現れる歴史や風習・社会的偏見、ディアスポラ（少数者）たちのアイデンティティなど、日常の中の重いテーマに触れつつ、ポジティブな生き方で人間味溢れる共同体を作っていく若者たちを描くことで、旧来の家族に代わる新たな癒しの空間を提示してくれる。

このグローバル時代を生きる主人公の韓国人女性ユナは、昔から外部に開かれてきた港町長崎で、希望の未来へと進むドア、「ネクストドア」を見つけたと言えるだろうか。ユナをはじめとした登場人物たちがこれから作っていくであろう未来に心からのエールを送りたい。

翻訳や出版に当たっては、多くの方にお世話になった。身に余る信頼と応援をくださった藤原一枝先生、日本大学の野口恵子先生。この二方には何と感謝の言葉を述べていいか分からない。また、推敲する間に、何度も稿に目を通してくださり、意見を寄せてくださった荒木美恵さんをはじめ、諸先輩や友人たち、他にも多くの方にお世話になったが、ここに無事、一冊の翻訳書として、皆さんの元にお届けできることを報告し、感謝の言葉とさせていただきたい。

（尹英淑／ＹＹ翻訳会）

ク・ヒョソ（具孝書）

1957年韓国・江華島生まれ。
1987年に中央日報の新春文芸に短編小説で当選し、作家活動を始める。
1994年『栓抜きのない村』で韓国日報文学賞、2005年『塩かます』で李孝石《イヒョソク》文学賞、
2006年『明斗（巫女・シャーマン）』で黄順元《ファンスノン》文学賞、2007年『かけ時計の痕《あと》』で
韓戊淑《ハンムスク》文学賞、『調律―ピアノ月印千江之曲』で許筠《ホギュン》文学賞を、それぞれ受賞。
2008年には、本作『長崎パパ』で大山《デサン》文学賞を受賞。
作家デビュー以来、読者から愛され続けてきた現代韓国を代表する作家の一人。
堅実なテーマと面白みを兼ね備えた作品は、
批評家・読者双方から高い評価を得ている。

尹英淑（ゆん　よんすく）

1953年韓国生まれ。韓国の東義大学校日本文学科卒業。8年間の東京滞在後、帰国。新羅大学国際関係学科の日本語講師を勤めた。2003年から埼玉県に在住。在日詩人ぱくきょんみと韓国の文貞姫、金龍澤、安度眩、金素月、鄭浩承の詩を共訳し詩集『白い乳房黒い乳房』―地球をむすぶ72のラブ・メッセージ（2009年、ホーム社刊）に紹介される。共著に『現代快速日本語』全9巻。

ＹＹ翻訳会

日韓の文化交流を目指して、地域の公民館で活動する翻訳勉強会。メンバーは、渡辺八太郎、冨田嘉信、禹貞鉉、関谷敦子の四人。

長崎パパ　新しい韓国の文学 03
2012 年 3 月 25 日　初版第 1 刷発行

〔著者〕ク・ヒョソ（具孝書）
〔訳者〕尹英淑／ＹＹ翻訳会

〔編集〕谷郁雄
〔装丁・本文デザイン〕寄藤文平＋鈴木千佳子（文平銀座）
〔カバーイラスト〕鈴木千佳子
〔ＤＴＰ〕廣田稔明

〔発行人〕金承福
〔発行所〕株式会社クオン
〒 104-0052
東京都中央区月島 2-5-9
電話　03-3532-3896
FAX　03-5548-6026
URL　www.cuon.jp

〔印刷〕モリモト印刷株式会社
〔製本〕株式会社新広社／株式会社川島製本所
（この本は PUR 製本でつくりました）

ISBN 978-4-904855-05-8 C0097